KB043742

천천히 더 천천히

천천히
더
천천히

인생을 두 배로 즐기는 17가지 방법

Slowly Slowly

마리아 노보 지음 · 이영래 옮김

21세기북스

왜 느리게
살아야 하는가?

작가들은 책을 만드는 존재가 결코 작가 자신이 아니
라는 것을 알고 있다. 작가들을 끊임없이 놀라게 하는 아이
디어와 언어를 통해 마침내 '이야기가 되도록 만드는' 것은
책, 그 자체이다.

최근에도 나는 그런 경험을 했다. 책은 이미 거기에 있었
다. 내게 자신의 이야기를 들려주면서 말이다. 내가 하는 일이
란 그저 '책'에 약간의 시간과 평화, 그리고 고요를 주는 것뿐

이었다. 글은 개인의 생각과 관심으로부터 탄생하는 것이 아니다. 글은 변화하고 있는 사람들로부터 많은 것을 듣고, '느림'이라는 새로운 경험을 목격하는 것으로부터 나온다.

스트레스를 피하고, 느긋하게 생각하고, 또 자신의 일상이 자연에 어떠한 영향을 끼치는지 주의를 기울이며 살아가는 동료와 친구들을 둔 나는 행운아다. 우리는 몇 년 전 하나의 단체를 만들어 각자의 경험을 ECOARTE*라는 프로젝트 안에 한데 모아왔다. 우리는 주어진 시간을 어떻게 적절하게 활용할 것인가라는 주제 안에서 함께 성장하면서 서로의 경험을 나누었다.

이에 대해서는 책의 말미에서 보다 상세하게 논의할 것이다. 하지만 지금 강조해두고 싶은 것이 하나 있다. 내 스스로 이 길을 걸어보지 않았더라면, 나 자신의 변화 가능성에 대해 글을 써야 할 이유를 찾지 못했을 것이라는 점이다.

왜 여기에서, 지금, 느림에 대해 이야기하는가?

우리 사회의 모습을 보라. 무엇이든 빨리 생산하고 소비

* www.ecoarte.org

하는 '서두름'이 우리를 둘러싸고 있는 자연을 파괴하고 있다. 지나치게 빠른 삶의 속도가 스트레스와 불안 같은 사회적 질병을 가져오고 기후 변화와 같은 생태학적 문제를 심화시키고 있다. 우리는 속도의 시대에 묻혀 천천히 움직이는 영혼을 잃어 가고 있다.

이래도 괜찮은 것일까? 과연 이러한 상황이 조화로 이어질 수 있을까? 이 책에서 나는 삶의 속도를 천천히 전환하면서 변화를 경험한 사람들과 단체, 도시, 조직에 대한 이야기를 할 것이다. 그들은 내게 행복은 시간에 관한 문제라고 말한다. 그들은 매일, 매시간, 저장되지도 않고 가차없이 흘러가 버리는 시간을 어떻게 관리하느냐가 행복의 열쇠라는 것을 증명해 주었다.

우리는 시간으로 이루어져 있다. 카바예로 보날드Caballero Bonald가 말했듯이 "우리는 우리가 떠나온 시간이다." 우리는 시간이 변화를 의미한다는 것을 알고 있다. 우리는 시간을 활용하면서 환경의 변화에 대응하고 진화했다. 따라서 시간을 활용하는 것은 우리의 능력을 측정하는 지표가 된다. 변화를 받아들이지 않는 것은 시간을 멈추려는 것과 같다. 이는 절대 불가능한 일이다.

변화를 수용하고 그것을 기회로 받아들여야만 우리는 올바른 방향으로 향할 수 있다. 나는 학교 교육이 이러한 문제를 다루어야 된다고 생각한다. 우리의 삶에서 벌어지는 불가피한 변화를 다루기 위해 어떻게 시간을 사용해야 하는지, 그리고 시간에 대한 인식과 감정을 키워주는 일은 그 어떤 것보다 중요한 교육 과제이다.

이 책에서는 주로 산업이 발전한 선진국에 사는 사람들이 경험한 문제들을 다룰 것이다. 우리가 현재 살아가고 있는 생활 방식 안에서는 시간의 가치를 절대 깨달을 수 없다. 병에 걸리거나, 나이가 들거나, 어떤 비극적인 사건을 겪게 되었을 때에야 우리는 비로소 세상을 다른 관점에서 보고 정말 중요한 것이 무엇인지 명확히 알게 된다. 그때에 이르러서야 우리는 나에게 주어진 시간으로 무엇을 하고 싶었는지 분명히 알게 되는 것이다. 애석하게도 우리가 깨달았을 때는 너무 늦은 뒤지만 말이다.

빠른 삶의 속도와 치열한 생존 경쟁은 우리의 생활 방식과 연관되어 있다. 우리는 음식과 에너지와 물을 낭비하며 산다. 시간이라고 예외일 리 있겠는가? 그렇기 때문에 우리는 시간에 대한 문제를 충분히 고려해야 한다. 시간에 대한 탐구는 생태적 균형과 사회적 형평성을 기반으로 하는 공동체의 진정한 삶에 대한 탐색의 일부이다.

일상에서 겪는 문제부터 탐색한다고 해서 반드시 좋은 결과가 보장되는 것은 아니다. 하지만 개인적인 변화를 끌어낼 수 있는 곳에서부터 시작하는 것이 좋은 방법인 것만은 틀림없다. 이러한 개인적 변화는 중요한 사회적 변화로 이어질 수 있다.

우리가 안고 있는 문제는 집단적이며, 우리의 삶의 방식에 전체적으로 영향을 준다. 그럼에도 불구하고 이 글이 개별적인 아이디어와 제안을 담고 있다는 사실을 나도 잘 알고 있다. 다른 책*에서는 이 주제에 대해 보다 사회적이고, 환경적인 차원의 논의를 다루기도 했다. 하지만 나는 새로운 시간 문화가 한 사람 한 사람에게 끼치는 영향을 이야기할 필요가 있다고 믿는다. 개인들이 만들어내는 변화야말로 전체 시스템

* NOVO, M. El desarrollo sostenible: su dimensión ambiental y educativa. (Sustainable development: its environmental and educational dimension). Pearson/UNESCO, Madrid, 2006.

안으로 침투할 수 있는 통로인 동시에, 큰 소용돌이에 휘말리지 않기 위해 우리가 매달릴 수 있는 '구명대' 역할을 하기 때문이다.

이 책은 두 부분으로 이루어져 있다. 첫 부분은 시간에 대한 몇 가지 생각과 시간의 사용에 관한 문제를 다룬다. 이는 단순한 착상이 아니라 그동안 내가 해온 관찰과 조사의 결과이다. 두 번째 부분에서는 변화의 구체적인 스토리와 함께 이미 실행되고 있는 롤 모델들을 소개한다. 이 글에서 '느림'은 그 자체가 목표가 아니라 판단의 기준으로 작용한다. 우리는 시간을 적절하게 이용함으로써 보다 나은 삶의 질을 달성하고, 환경문제에 책임을 다할 수 있으며, 우리 사회에서 찾기 힘든 내적 평화를 누릴 수 있다.

그렇지만 전체적인 관점에서 본다면 이론과 실제는 서로를 연료로 사용하며, 또 둘 사이의 경계가 다소 인위적이라는 것을 알게 될 것이다. 대체로 아이디어는 실제 스토리에서 나온다. 이러한 스토리가 탐색과 직관으로 이어진다.

이 책의 초고를 읽고 의견을 말해준 분들에게 감사의 인사를 전해야 하겠다. 그분들의 조언은 이 책을 크게 발전시켜

주었다. 기예르모Guillermo와 이레네Irene, 욜란다Yolanda와 알베르토Alberto, 프란체스코Francesco, 아나 프랑코Ana Franco, 마리아 안켈레스María Ángeles, 아나 에체니크Ana Etchenique, 카를로스Carlos, 베고냐Begoña, 첼사Celsa, 마리아 호세María José, 아나 카스트로Ana Castro에게 감사를 전한다. 이들의 너그러운 마음과 이 일에 할애해준 시간은 내게 어떤 선물보다 귀중한 것이었다.

끝으로 마지막 바람을 전달하는 일만 남았다. 나는 이 책이 독자들에게 유용한 존재가 되기를 희망한다. 여러분들이 이 책을 통해 시간의 사용처를 다시 정하고, 행복한 삶과 공동체에 기여할 수 있는 시간을 되찾는 데 도움이 되기를 바란다. 개인적으로 나는 많은 조언을 줄 수 없는 입장에 있다. 내 자신이 아직 이 길을 가고 있는 여행자에 불과하기 때문이다. 하지만 나는 가장 지속가능한 길을 가기 시작했다는 것을 알고 있으며, 이것은 결코 작은 일이 아니다.

마리아 노보
포수엘로데알라르콘(마드리드)에서

차례

2부 느린 시간으로 할 수 있는 일들

1부

시간과의
불화

"안녕하세요?"

어린 왕자가 말했습니다.

"안녕?"

상인이 말했습니다.

상인은 갈증을 없애기 위해 발명된 알약을
팔고 있었습니다. 일주일에 한 알만 먹으면 갈증이 생기지
않는 약이었습니다.

"왜 그런 것을 팔죠?"

어린 왕자가 물었습니다.

"시간을 엄청나게 절약해 주거든."

상인이 말했습니다.

"전문가들의 계산에 따르면 사람들은 이 약을 통해서
매주 53분씩 절약할 수 있단다."

"그 53분으로 뭘 하는데요?"

"무엇이든 네가 원하는 것을 할 수 있지⋯⋯."

"내게⋯⋯."

어린 왕자는 혼자 중얼거렸습니다.

"원하는 대로 쓸 수 있는 53분이 있다면 난 맑은 물이
있는 샘으로 느긋하게 걸어갈 텐데."

– A. 드 생텍쥐페리 A. de Saint Exupéry

01 우리는 왜 시간의 노예가 되었나?

순간이란 얼마나 길며
또 삶이란 얼마나 빠르게 흘러가는가.
-라파엘 탈라베라Rafael Talavera

4월 23일, 세계 책의 날 행사가 열렸다. 이 날은 1616년 세르반테스Miguel de Cervantes가 사망한 날이기도 하다. 셰익스피어William Shakespeare 역시 이 날 사망했다. 기이한 우연이 아닌가! 그러나 두 문호의 사망일이 완벽하게 일치하는 것은 아니다. 당시 두 나라는 다른 역법을 이용했기 때문이다. 스페인에서는 그레고리력을, 영국에서는 율리우스력을 사용하고 있었던 것이다. 실제로 셰익스피어가 사망한 날은 세르반테스가 죽은 지 10일후였다.

유사 이래 시간이 변치 않는 체계라고 믿어 왔던 사람들에게는 다소 혼란스러운 이야기이다. 예를 들어 그리스인들은 시간을 순환하는 것으로 생각했다. 반면 유대철학에서 시간의 개념은 본질적으로 미래, 즉 약속의 땅을 향해 나아가는 선형적線形的인 것이다.

역사를 거쳐 오면서 사람들은 태양력과 태음력, 그리고 두 가지를 조합해서 사용했다. 하루가 24시간이라는 개념은 이집트인들에 의해 처음 도입된 후 로마인들에 의해 자리잡았다. 지금 우리가 사용하고 있는 요일은 창세기에 등장하는 7일에 걸친 천지창조 과정과 연관되어 있으며, 요일의 이름은 로마력에서 따왔다. 일 년을 열두 달로 나눈 것은 멀리 바빌로니아 시대까지 거슬러 올라간다.

따라서 시간이 불변하는 것이며, 역사적으로 고정되어 있었다고 생각해서는 안 된다. 시간에 대해 말할 때는 그 지역과 시대의 문화가 끼친 영향을 이해해야 한다. 마찬가지로 각 개인의 사적인 시간도 역사적인 시간이나 우주적 시간과는 다르다. 그 모두가 연결되어 있기는 하지만 말이다.

농촌 지역(그리고 오늘날의 많은 원시 문화) 사람들은 밤과 낮, 계절, 달 등 자연의 시간적 명령에 삶을 적응시켜왔다. 그들의 시간 개념은 완전히 순환적이다. 그들의 시간 안에는 자연의 흐름처럼 일정한 반복과 리듬이 존재한다. 지금도 다르지 않다. 씨를 뿌릴 시기, 수확할 시기, 겨울을 대비해 곡식을 저장할 시기, 씨를 뿌릴 시기가 있는 것이다. 그들에게 시간은 자녀의 출생, 축제 기간, 추수와 같은 행사로 표시됐다.

중세 시대까지는 도시도 마찬가지였다. 장인들은 정오를 기준으로 삼아 일했다. 일하는 날은 단순히 오전과 오후로 나누었고, 시간은 정확하게 측정하지 않았다. 즉각적인 결과물은 기대할 수 없었다. 따라서 어떤 것을 생산하는 데 걸리는 시간은 지금과는 전혀 다른 시각에서 봐야 했다. 예를 들어 대성당은 수세기에 걸쳐 지어지기도 했으므로 건물을 설계한 사람이 완공을 보지 못하고 세상을 떠나는 것이 보통이었다.

르네상스 시대에 와서야 삶의 시간적 측면이 부각되기 시작했다. 그렇지만 시간이 경제적 혹은 생산적 가치를 얻기 시작한 것은 17세기부터였다. 상품을 대량으로 생산하기 시작한 공장에서는 중세 사람들이 따르던 다양한 리듬과 패턴을 고수

할 수 없었기 때문이다.

칼뱅주의 윤리와 프로테스탄티즘이 지배하던 시대에는 시간의 새로운 가치를 이용하여 더 부지런히 일해야 했다. 그 시대의 사람들이 하던 일은 주로 유용한 무언가를 생산하는 데 초점이 맞추어져 있었다. 규칙적인 노동, 즉 '행위의 문화'가 열리면서 중세와 같은 '존재의 문화'는 조금씩 짓밟혀 갔다. 사람들은 노동을 통해서만 더 나은 사회를 건설하는 데 기여할 수 있다는 생각 때문에 노동이야말로 다른 어떤 것보다 인간에게 존엄성을 부여하는 가치가 됐다. 이와 함께 얼마간은 금욕적인 희생이 필요하다는 새로운 사고방식이 유행했다. 사회는 물론 종교에서도 이러한 분위기를 옹호했다.

이러한 사고방식은 공장뿐 아니라 점차 일상생활에까지 파고들었다. 산업혁명은 그때까지 통용되었던 시간의 개념을 바꾸고, 시간의 개념을 새로운 조건 아래 통합시켜가고 있었다(서구 사회에서는 이러한 노력이 성공을 거두었다). 노동은 더 이상 날씨의 영향을 받지 않아도 됐다. 공장에서는 전기 조명 덕분에 일을 오래 할 수 있게 되었을 뿐 아니라, 일 년 내내 규칙적인 시간표에 따라 일할 수 있었다. 이러한 시간 개념이 점차 가정

생활과 집단 문화에 영향을 미치고, 마침내 모든 것을 좌우하기에 이르렀다.

이 때문에 먼포드Munford와 같은 작가들은 오늘날의 세계를 만든 것은 증기 기관이 아니라 시계라고 말했다. 시계, 즉 시간 측정기가 공장과 공방에 자리 잡으면서 노동자들의 작업 시간과 휴식 시간을 통제하게 되었다. 인간은 낮과 밤의 주기는 물론 체온과 혈압 등을 통제하는 체내 시계를 갖고 있다. 하지만 오늘날에는 생산 시간이 인간의 생체 시계보다 우위를 차지하게 됐다. 전문가들은 우리 몸에서 매 24시간마다 일어나는 생체 주기를 '일주기 리듬circadian rhythm'이라고 말한다. 물론 몇 시간 단위의 짧은 주기로 반복되는 리듬도 있고, 여성의 월경 주기처럼 긴 리듬도 있다.

그렇다면 생산 조직의 책임자들은 인간의 생체 리듬을 고려하고 있을까? 내 경험에 따르면 전혀 그렇지 못하다. 요즘에는 야간 교대 근무를 하거나 완전히 다른 표준 시간대가 적용되는 외국으로 출장을 가야 하는 일이 점점 많아지고 있다(우리 몸을 동조화되기 어려운 상황에 집어넣고 적응 시간을 단 몇 시간만 허락하는 것이다). 많은 사람들이 어떤 때는 주간에 일하고, 어떤 때는 야간에 일하는 일정을 참아내고 있다. 이들은 생체 리듬이 적응하지 못하면서 발생되는 수많은 문제들을 극복해가며 일을 한다.

우리가 만든 기계들이 스스로 규율을 만들고, 그 규율을 인간에게 부과하게 된 것이다. 그 결과 인간의 창조물인 공장이나 회사가 우리가 태어나면서 갖고 있던 시간적 리듬에 우선하게 됐다. 이것이 오늘날의 인간에게 각종 질병을 불러일으킨다. 이는 각종 스트레스나 생체 리듬이 적응하지 못해서 생기는 '자오선 병'의 근본적인 원인이기도 하다.

이는 개인의 문제가 아니다. 우리는 공동체 차원에서 이러한 현실에 대해 곰곰이 생각해봐야 한다. 당신의 힘으로, 혹은 내 힘만으로 현실을 바꿀 수는 없을 것이다. 하지만 모든 발전과 개선 과정의 첫 단계는 문제의 본질을 정확히 인식하는 것이다. 우리가 빠져 있는 수렁을 정확히 인식할 수 있다면, 그리고 인식의 수준을 조금 더 높일 수 있다면, 우리의 삶을 변화시키는 일에 어떻게 참여할 수 있을지를 선택할 수 있을 것이다.

여기에서도 자연은 훌륭한 교사 역할을 한다. 생태학자

들은 자연으로부터 배울 점이 많다고 지적한다. 우리의 개인적, 사회적 삶을 통합시킬 수 있는 가장 좋은 방법으로 생체모방 기술을 들 수 있다. 이러한 접근법을 통해 우리는 몸의 생물학적 주기를 파괴하는 위험성을 이해하고 평가하는 일을 시작할 수 있다. 결국 우리 역시 자연의 한 부분이라는 점을 잊지 말아야 하는 것이다.

누구나 경험을 통해 알고 있듯이 모든 시간이 같은 가치를 갖는 것은 아니다. 말러Mahler의 음악을 듣는 30분과 출근길에 길이 막혀 차 안에 갇혀 있는 30분을 비교해 보면, 각각의 시간이 우리의 건강과 행복에 주는 영향이 크게 다르다는 것을 쉽게 알 수 있다. 행복한 삶을 만들어가는 해법은 '말러의 음악을 듣는 시간을 늘리고, 항우울제는 줄이는 것'이다. 문제는 우리가 기꺼이 그것을 시도해 보느냐에 달려 있다. 그런 노력을 시작한다면 그 첫 단계는 서두르는 마음을 조금씩 줄여나가는 일이 될 것이다.

우리는 시간으로 이루어져 있다.

우리는 우리가 살아온 시간, 우리의 역사이며

우리가 떠나 온 시간과 현재와 미래이다.

일터에서 우리는 극심한 생존 경쟁을 치러야 한다.

하지만, 그 일에 온전히 전념할 수 있다면

우리 얼굴에서는 미소가 떠나지 않을 것이다.

전쟁, 재앙, 고통 같은 모든 부정적인 것은

가능한 빨리 끝내야 한다.

모든 아름다운 것들은 오래 지속되어야 하고,

서두름으로부터 반드시 보호받아야 한다.

02 카이로스,
기회의 순간

진실은 존재하지 않고
단지 일어날 뿐이다.
-지오니 바티모Gianni Vattimo

시간은 먼 과거에도 이미 중요한 주제였다. 사실 시간은 고대 그리스를 떠받치고 있던 대들보였다. 그리스인들은 시간을 세 가지 다른 이름으로 불렀다. 신화에 등장하는 크로노스Kronos, 아이온Aion, 카이로스Kairos에 부합하는 의미에 따라 나누어 불렀던 것이다.

시간의 신으로 알려져 있는 크로노스가 의미하는 시간은 전후前後가 정해진 시간, 즉 우리가 시계와 연관 짓고 있는 시간이다. 아리스토텔레스Aristotle는 이를 "불완전한 활동의 시간"이라고 불렀다. '활동의 시간'에서는 끝만이 존재한다. 시간이 끝나면 모든 것이 종말을 고한다(텔레비전에서 퀴즈 프로를 보는 것과 같다. 프로그램이 끝나고 나면 아무 일도 생기지 않은 것과 마찬가지 상태가 된다. 내가 우승자가 아닌 한 말이다.). 크로노스는 우리를 죽음으로 인도하는 삶의 시간이며, 출생과 모든 것의 끝 사이를 연결하는 고리이다.

두 번째 신인 아이온은 모든 것의 탄생과 윤회를 통해 다시 태어나는 것을 감독한다. 아이온은 가장 심오한 의미에서 '생애'라 할 수 있다. 사적인 삶으로서의 생애가 아닌, 끊임없이 스스로를 재생하는 삶의 현상으로서의 생애인 것이다. 아이온은 쾌락과 연관되며 영원한 순환을 나타낸다. 그리스인들은 아이온을 자신의 꼬리를 먹는 뱀의 형상으로 상징화했다.

신화에 따르면 신의 웃음에서 일곱 명의 신들이 생겨났고, 그 중 막내가 카이로스였다. 그는 제우스Zeus와 행운의 여신인 티케Tyche의 아들이다. 그리스인들은 그를 잘생긴 젊은이로 묘사했다. 그는 한 줌의 머리카락밖에 없는 대머리이고, 발에는 날개가 달려 있다. 누군가 그를 잡으려 해도 머리채를 잡을 수 없는 이러한 외모는 아무리 잡으려 해도 잡을 수 없는 시간을 상징한다.

카이로스는 밀 씨앗을 뿌리든 거친 바다를 건너든 그 가장 적절한 순간을 말한다. 그것은 서퍼가 물마루에 오르는 짧은 순간과도 같다. 시도가 조금만 이르거나 조금만 늦어도 파도를 타는 일은 실패로 돌아간다. 그는 적시와 계량의 신으로 적절한 시간이 이르거나, 기회가 문을 두드릴 때 그것을 깨닫도록 도와준다.

카이로스의 어머니인 행운의 여신은 호의를 가지고 인간을 지켜보며 때로 행운을 안겨준다. 행운의 여신은 카이로스를 통해 탄생과 죽음이라는 두 가지 영원 사이를 오가는 우리 인간에게 즐길 거리를 제공해준다. 죽음까지도 잊을 수 있을 만큼 행복한 행운의 순간, 시간이 확장되는 느낌의 순간, 1분이 영원처럼 느껴지는 순간들을 선사하는 것이다.

그렇기 때문에 카이로스를 '기회'라고 말하기도 한다. 우리 모두가 인생의 어떤 시점에서 카이로스를 경험하게 된다. 한 소절의 음악에 감동을 받아서 마음의 시계가 멈추어서는 순간, 누군가의 말에 공감함으로써 특별한 느낌을 받는 날, 사랑하는 사람과의 재회……. 이런 시간은 제각각의 가치와 의미를 갖는다.

카이로스는 우리를 완전히 탈바꿈시킨다. 그는 때로 우리를 순간의 노예로 만들기도 하지만, 우리의 역사를 만드는 것이 바로 카이로스이다. 그러한 귀중한 순간은 모든 것이 질서를 잃게 되는 엔트로피의 법칙을 부인한다. 따라서 이런 순간에는 죽음으로 가는 길이 존재하지 않는다. 카이로스는 삶을 깨우고, 삶에 자기 조직의 기회를 주며, 삶이 그 일시성을 넘어서게 한다.

우리가 누구인지 기억하기 위해 삶을 돌아볼 때 함께 하는 시간은 크로노스의 시간이 아니다. 일일이 날짜와 시간을 계산하면서 삶을 되돌아보는 사람은 없다. 인생의 행로에 있는 이정표, 우리가 잡은 기회, 사랑에 대한 우연한 사건, 흔적을 남긴 일들(자녀의 출생, 지금 친한 친구가 되어 있는 누군가를 처음으로 만난 순간)을 기억할 때, 우리는 카이로스의 시간과 함께 한다.

삶의 이정표가 될 만한 일들이 일어난 정확한 날짜와 시간을 알고 있는가? 물론 그럴 가능성이 크기는 할 것이다. 하지만 카이로스에게는 그러한 것들이 필요치 않다. 카이로스가 담고 있는 것은 단순히 숫자로 표현되는 세부적인 사항이 아니라 영원히 변치 않는, 시간을 초월한 순간들이다. 우리는 그러한 순간들로 삶이라는 옷감을 짜나가고, 우리 존재 안에 축하와 축제의 기분을 불어넣는다.

예술가들은 창조적인 순간을 통해 늘 카이로스와 어울린다. 그러한 순간들, 이를 테면 '결정적 순간coups de grâce'을 통해 예술가들은 창조물을 만들어내고 거기에 혼을 불어넣는다. 위대한 스페인의 철학자이자 시인인 마리아 삼브라노María Zambrano는 〈숲속의 빈터the clearings in the forest〉라는 글에서 카이로스의 도래를 아름답게 묘사하고 있다. 아무 때나 들어갈 수 없는 곳, 일부러 찾을 수도 없고, 빛이 길을 비추어서 무엇인가가 어렴풋이 나타날 때까지 놓아두어야 하는 곳……, 그 순간이 되어서야 만날 수 있는 곳을 말이다. 그곳은 차라리 계시라고 할 수 있을 것이다.

산업화된 세계에서 살고 있는 우리는 대개 물질적으로 부유하지만 시간이라는 측면에서는 가난하다. 우리는 언제나 손목이나 주머니에 시계를 가지고 다니면서 크로노스의 노예가 되어 가고 있다. 우리는 판에 박힌 일들과 의무 사항들로 삶을 빈틈없이 채워가면서 카이로스에게는 거의 기회를 주지 않는다. 적절한 순간에 정신적으로 충만한 무엇인가가 일어나게 하려면 어떻게 해야 할까? 스스로를 예측 불허의 미스터리한 삶 속에 놓아두는 일종의 방종이 필요하다. 마리아 삼브라노가 말했듯이 "사람이 숲속의 빈터에 가는 것은 무엇인가 필요한 것이 있어서가 아니다."

우리는 삶으로부터 불필요한 것들을 제거해야 한다. 쓰레기 같은 TV 프로그램을 보는 시간, 우리가 필요로 하는 것 이상의 돈을 벌기 위해 여러 가지 일을 처리하는 시간, 오후 시간을 보내기 위해 백화점에서 쇼핑을 하며 보내버린 시간들을 말이다. 하나같이 과도한 것들이다. 이런 삶의 방식이 우리를 크로노스의 노예로 만든다. 우리 삶에 활기를 주는 새로운 일이 일어나기 위해서는 그런 일들이 일어날 수 있는 공간을 만들고, 그 안에 무언가가 들어올 수 있는 여지를 주고, 우리의 우선순위를 분명하게 정해두어야 한다.

어떤 새로운 것도 추가할 수 없이 모든 것이 가득 차 있는 상태라면 정리가 필요하다. 그리고 시장이 우리에게 밀어붙이는 어리석은 생산과 소비의 사이클로부터 소중한 시간을 되찾아야 한다. 이는 지금까지 일정한 대가를 지불하면서 했던 여가 활동을 정리하는 것을 의미한다. 이는 여태까지와는 다른 즐김의 방식, 즉 사적인 인간관계를 격려하고, 혼자가 되고, 고요를 일구는 방식으로 대체하는 것에서부터 출발한다.

우리는 생산성과 경쟁력을 높이기 위해 힘에 부치는 목표에 쥐여 살고 있다. 회사는 직원의 생산성을 높이기 위해 그 사람이 가진 역량의 한계에 근접한 목표를 설정한다. 다음 해가 되면 회사는 이전보다 더 많은 것을 원한다. 이런 식으로 우리는 언제나 정해진 목표를 염두에 두고 일을 한다. 따라서 여정을 즐기기 보다는 오로지 어딘가에 이르기 위한 목적을 위해서 여행을 하게 되는 것이다.

이로써 우리의 삶은 결과물을 중심으로 움직이게 된다. 결과를 향해 가면서 우리는 일을 하는 과정의 즐거움, 매순간 우리가 하고 있는 일의 즐거움, 매시간 적절한 속도의 삶이 가지는 가능성을 놓치게 되는 것이다. 비행기로 한 도시에서 다른 도시로 이동할 때, 두 도시 사이에 있는 것을 보지 못하는 것과 같다. 법정 제한 속도로 자동차를 타고 가면서는 경치를 감상할 수 없다. 하지만 일과 직업의 목표 때문에 우리는 어떤 것도 즐기기 힘든 상태가 됐다.

당신은 살기 위해서 일을 하는가, 아니면 일하기 위해 사는가?

우리의 목표에 대해 다시 생각해보아야 한다. 우리가 목표를 어떻게 규정하고 있으며, 목표에 대한 결정을 스스로 할 수 있는 상황에서 어떻게 목표를 선택하는가도 생각해 보아야 한다. 앞으로 해야 할 것들 중에서 무엇이 정말 중요한 것인지를 파악하는 법을 배워야 한다. 그렇지 못하면 결국 이전과 같은 목표들이 우리의 시간을 장악하게 될 것이기 때문이다.

삶에서 정말로 가치 있는 것들은 대부분 공짜이다. 시골의 햇빛, 아이의 다정한 포옹, 사랑하는 사람과의 키스, 해변을 거니는 것……. 그것을 충분히 누리는 데 필요한 것은 카이로스다. 행복과 축복을 기꺼이 받아들이는 마음가짐과 시간만 있으면 충분하다. 하지만 이미 잃어버린 것들을 되찾기에 너무 늦어버린 것은 아닐까?

모든 일에는 적절한 시간이 필요하다.

우리는 기다리는 법을 배워야 한다.

시간은 우리에게 기회를 선사한다.

우리의 시간을 빼앗기는 것은

우리의 기회를 빼앗기는 것이다.

우리의 목표는 우리의 가능성과 합치되어야 한다.

어떤 목표가 우리의 시간을 온통 차지하고 있다면,

그때 우리는 잘못된 길로 가고 있을 가능성이 크다.

03 서두름이 우리를
죽이고 있다

과거는 달아났고, 미래는 부재한다.
하지만 현재는 당신의 것이다.
−아랍 속담

'시간은 금이다.'

어른들이 하시던 말이다. 고대 로마시대의 아우구스투스는 페스티나 렌테festina lente(천천히 서두르라)라는 말을 만들었다. 불행히도 이 아름다운 충고는 흔적 없이 사라져 버리고, 지금의 우리는 하나 같이 서두르고만 있다. 여기에도, 저기에도, 어디에서나. 대도시에서는 특히 더 그렇다. 몇 시간만이라도 가만히 있으면서 사색에 잠길 수는 없는 것일까? 우리는 삶이 어떻게 변해왔는지 알고 있기는 한 것일까? 우리는 지금까지와는 다른 삶을 원하는 것일까?

시간은 영원의 일부이다. 시간이란 정확히 규정하기 힘든 것이지만 우리가 매일같이 받는 선물이기도 하다. 시간은 돈보다 훨씬 더 귀중하다. 돈은 모아둘 수 있는 반면, 시간은 왔다가 스쳐가 버리기 때문이다. 시간은 일생에 한 번뿐인 기회이다. 때로 1분, 1초가 견딜 수 없이 길게 느껴질 때가 있다. 고통을 겪고 있을 때나 쉽게 오지 않는 것들을 오랫동안 기다리고 있을 때가 그러하다. 어떤 때는 하루가 1분 같다. 즐겁게 어떤 것을 하고 있거나 그것이 끝나는 것을 바라지 않을 때 우리는 시간이 지나는 것을 거의 의식하지 못한다.

유럽의 탐험가들이 아프리카를 여행할 때 원주민들이 이렇게 말했다고 한다.

"당신들에게는 시계가 있지만 우리에게는 시간이 있다."

우리가 곱씹어 보아야 할 이야기다. 내 친구 한 명도 라틴 아메리카에서 비슷한 일을 겪었다. 그와 대학 친구들은 한 농부와 이야기를 나누게 됐다. 내 친구와 그의 일행이 농부가 어디에서 지식을 얻는지 궁금하다고 묻자 농부는 이렇게 대답했다.

"나는 공부는 하지 않았지만 많은 시간을 생각하는 데 보냈소."

우리는 시간을 가지고 무엇을 하고 있을까? 우리는 시간을 소중히 여기고 있을까? 시간에 서두름이라는 옷을 입히고 함부로 쓰고 있지는 않은가? 우리는 시간의 주인인가, 노예인가? 우리는 삶의 질을 높이는 방향으로 시간을 향유하고 있는가?

우리는 하루의 첫 여덟 시간, 다시 말하면 우리가 정신적으로 가장 기민한 여덟 시간을 일하는 데 사용한다. 물론 그것이 나쁜 일은 아니다. 기차를 운전하거나, 환자를 수술하거나, 공항의 관제탑을 관리할 때는 정신적으로 명민한 상태를 유지해야 하기 때문이다. 하지만 이런 것들만이 우리에게 중요한 일일까?

우리가 일을 하는 시간에는 이동 시간, 초과 근무 시간, 여러 가지 볼일을 보는 데 쓰이는 시간도 포함시켜야 한다. 따라서 일을 끝내고 집에 돌아갈 때 쯤 우리는 가장 질이 나쁜 시간에 짓눌린 상태가 되어 있다. 피곤에 지치거나 집안일 이

외의 문제에 진저리가 난 채로 말이다. 우리는 창의성이나 유머와는 그다지 어울리지 않는 그 제한된 시간을 배우자와 자녀, 친구들에게 먼저 할애하고 그 뒤에 남은 것이 있다면 자신을 위해 쓴다.

이런 방식으로 삶을 꾸려 나가는 것은 분명 사람들보다는 시장에 이로운 일이다. 생산성과 경쟁력이 최고이고 전부이다. 그렇다면 행복은?

행복을 향유하는 일은 주말로 밀려난다. 그것도 다른 급한 일이 없는 한 말이다. 그도 안 된다면 행복은 짧은 휴가 기간으로 밀려난다. 우리는 그 동안에도 생존 경쟁의 감각을 잃지 않도록 밖으로 나가 돌아다니고, 여행을 한다. 여행을 가서도 관광지를 모조리 돌아보려고 안달을 하며 계속해서 뛰어다닌다.

자, 일에 대한 생각을 잠시 멈추어 보는 것은 어떨까?

고요를 즐겨 보는 것은 어떨까?

친구와 가까운 산을 올라 참치 샌드위치 한 조각을 먹어 보는 것은 또 어떨까?

우리는 삶 안에서 벌어지는 사소한 일들을 감상하는 능

력을 잃어버렸다. 그런 일들은 거의 돈이 들지 않거나 비용이 아주 적게 든다. 때문에 우리에게 그것을 즐기라는 광고를 하는 사람도 없고, 우리를 유인하려는 노력도 존재하지 않는다. 느긋한 대화, 혼자서 좋은 음악을 감상하는 것, 다른 누군가와 같이 음악을 듣는 것, 맑은 공기를 마시며 산책을 하는 것……. 이런 일들이 일정이 빠듯한 해외여행, 꽉 막히는 길에서 두 시간이나 붙잡혀 있어야 하는 별장에서의 주말, 운동 시합 같은 스트레스를 주는 일들로 대체되어 왔다.

우리는 거의 모든 일을 급히 서두른다. 어떤 것도 멈추어 서서 바라보는 일이 없다. 고속 열차는 지나는 길에 경치를 감상하도록 고안된 것이 아니라 목적지에 더 빨리 도착하도록 만들어진 것이다. 그렇더라도 창밖을 한 번 내다보라. 모든 것이 보고 즐길 거리라는 사실을 발견하고 깜짝 놀라게 될 것이다. 하지만 그렇게 하는 사람은 찾아보기 힘들다. 많은 사람들이 대부분의 시간을 휴대 전화로 사업 계약을 따내기 위해 안간힘을 쓰는 데 사용하거나 초조하게 시계에 눈길을 주며 남은 시간을 헤아린다.

현재를 고요하게 살 수는 없는 것일까? 우리가 가진 것은 현재, 여기, 지금뿐이다.

윌리엄 셰익스피어가 말했듯이 "과거는 서막이다." 우리는 이제부터 삶이라는 책을 써 나가야 한다. 하지만 우리의 현재를 온전히 인식해야만 비로소 그 책을 쓸 수 있다. 계속해서 서두르고 입을 나불거리며 사람들 사이를 바쁘게 뛰어다닌다면, 그것은 현재를 즐기는 것이 아니라 그저 '지나치는' 것일 뿐이다. 다른 속도로, 보다 느긋하게, 순간순간 우리가 어디에 있으며 무엇을 느끼고 있는지를 의식한다면 삶을 살아가는 동안 더 많은 기쁨을 누릴 수 있다.

그렇게 하면 시간은 확장되고, 우리와 한편이 된다. 느리게 살아가는 삶은 우리에게 안정과 평온, 사적으로 풍요로운 삶, 주위 사람들과의 돈독한 관계를 선물한다.

누군가 다른 사람의 지갑을 훔쳤다면 어떻게 될까? 우리 사회는 그런 사람에게 곧바로 유죄를 선고한다. 하지만 시간의 경우는 다르다. 다른 사람의 시간을 훔칠 권리를 갖고 있는 것처럼 생각하는 사람들이 많다. 일터에서는 특히 더 그렇다. 일말의 가책도 느끼지 않으면서 말이다. 하지만 그것은 우리 스스로 밤늦은 회의나 집에까지 가져가서 주말동안 끝내야 하는 일감에 대해 이의를 제기하지 않기 때문이기도 하다. 사장에게 무엇을 기대할 수 있겠는가? 현실이 이렇다 보니 즐기거나 재미를 느낄 시간은 없다. 하지만 다른 시각에서 보면 이는 우리가 자청한 것이기도 하다. 사실 우리는 자신의 시간을 헐값에 팔아넘기고 있다.

요즘에는 경쟁에서 살아남기 위해 무슨 일이든 반드시 마감시한에 맞추어야 한다. 이런 압박감이 스트레스의 근원이 된다. 스트레스는 우리에게서 많은 에너지를 털어간다. 시장은 우리에게 놀이를 위한(나이가 몇 살이든), 조용한 명상을 위한, 반성을 위한, 사적인 인간관계를 위한 시간을 전혀 남겨주지 않는다.

페터 악스트Peter Axt와 그의 딸 미카엘라 악스트Michaela Axt는 그들의 책 『게으름의 기쁨The Joy of Laziness』에서 '삶에 게으름을 위한 시간을 되돌려 주라'고 제안했다. 아무 것도 하지 않기 위한 시간을 마련하고 그 안에서 휴식과 평온과 느림을 되찾아 힘을 비축함으로써 자신의 생체 에너지를 아끼라는 것이다.

오래 전 칼 마르크스Karl Marx의 사위인 폴 라파르그Paul

Lafargue는 『게으를 권리The Right to be Lazy』라는 통렬한 제목의 책을 썼다. 이 책에서 그는 하루 3~4시간만 노동할 것을 주장했다. 당시 그의 제안이 터무니없다고 여겨진 것은 당연했다. 하지만 오늘날의 상황을 고려할 때 그의 주장이 정신 나간 생각은 아닌 것 같다. 회사의 수익이 적어진다는 조건이 붙기는 하지만, 노동시간을 줄이는 것은 실업 문제를 해결할 수 있는 좋은 해법일 수도 있으니 말이다.

어찌 되었든 현실을 직시하고 상황을 있는 그대로 받아들이되, 용기를 내어 최소한의 변화라도 만들 방법을 생각해 보자. 변화를 시도하는 것은 대단한 일처럼 보이지만, 모든 일에 시간을 정해두는 것과 같은 간단한 일에서부터 시작할 수 있다. 서둘러야 하는 경우도 있을 것이다. 하지만 서둘러야 하는 때와 그렇게 하지 않아도 될 때가 언제인지 감지할 수 있어야 한다. 그리고 나머지 시간(분명 이것이 대부분의 시간이 되어야 한다)에는 건전한 평온을 누려야 한다.

내가 하고 있는 이야기는 산책을 할 때 빨리 걷느냐 혹은 느리게 걷느냐의 문제가 아니다. 또 계약을 성사시키는 데 한 시간이 걸리는가, 열 시간이 걸리는가의 문제도 아니다. 더구나 고장 난 차를 지체 없이 수리해야 하는가, 나중에 해야 하는가에 대한 이야기는 더욱 아니다. 합리적이면서 효율적인 기준을 정하는 비법은 내적인 고요를 유지하고, 인내심을 키우며, 스스로 삶을 꾸려갈 수 있도록 거절의 방법을 배우는 데 있다.

여기에는 우리 몸의 소리에 귀를 기울이고 창의성을 키우는 것이 큰 도움이 된다. 우리 모두는 무엇이든 한 가지씩의 재능을 지니고 있다. 우리가 가진 재능을 가지고 시간과 싸우기 보다는 시간의 틀에 잘 적응할 수 있도록 만들자. 그 재능이 서두름 없이 느긋하게 자리 잡을 수 있도록 하자. 그렇게 하면 우리 안의 목소리가 우리에게 말하기 시작하는 것을 느끼게 될 것이다. 그 목소리는 어쩌면 우리 귀에 오랫동안 그 말을 속삭여 왔는지 모른다. 천천히, 천천히…….

시간에서 중요한 것은 우리가 뛰고 있느냐,

조용히 서 있느냐보다는

언제 뛰어야 하고, 언제 서 있어야 하는지에 대한

지각력을 가지고 있는가이다.

'아무 것도 하지 않는 것'의 가치는 어마어마하다.

우리가 행하는 것, 우리가 생각하는 것이

우리 자신이다.

하지만 우리의 삶은 어떤 것에

혹은 어떤 사람에게 '노!'라고 말할 때

규정되기도 한다.

느림과 인내는 게으름과 동의어가 아니다.

더 정확히 말하면 느림과 인내는

영혼의 상태이다.

04 자연의 리듬에 맞추어라

지구라는 작은 별에 모여 자신들이 만든 강력한
무기의 위협을 받는, 이 의식이 있고 호기심이 강한
생명체는 하늘을 올려다보며 스스로에게 걱정스럽게
묻는다. 가장 비범한 이 역사의 다음 장은
어떻게 될 것인가?
-H. 리브스H. Reeves 외

최근의 아이디어라고 여겨지는 재활용이 사실은 조상들에 의해 만들어졌다는 것을 알고 있는가? 시골 사람들은 남은 음식으로 돼지를 키우고, 남아도는 건초를 가축들의 잠자리로 사용하며, 동물의 배설물을 비료로 사용한다. 오늘날에도 세계 전역의 시골 문화는 어떻게 하는 것이 자연의 적이 되는 대신 자연과 한 편이 될 수 있는지를 보여주고 있다. 자연과 한 편이 되는 방법은 바로 순환의 고리를 잇는 것이다.

자연의 지혜는 우리가 마땅히 따라 배워야 하는 것이다. 무엇보다 자연은 결코 서두르는 법이 없다. 자연은 시간을 갖고 봄, 여름, 가을 그리고 겨울의 순환을 꼬박꼬박 지킨다. 자연은 현명하다. 순환하기 때문이다. 자연은 우리처럼 선형적으로 움직이지 않고 순환의 고리를 이어간다. 우리는 순환시킬 수 있는 것보다 훨씬 빨리, 심지어는 순환시키는 법을 알기도 전에 쓰레기들을 지구에 쌓아가고 있다.

'순환의 고리를 잇는다'는 것은 무슨 의미인가?

이는 자연 안에서 모든 것이 각각의 단계가 다음 단계로부터 이행되는 것을 말한다. 한 단계는 또 다음 단계로 계속 이어져서 마지막 단계가 다시 다음 순환의 첫 단계처럼 보이도록 말이다. 나무가 좋은 예다. 마지막 단계에 이른 산림 폐기물은 유기체에 의해 유기 영양소로 분해되어 순환을 계속한다. 우리에게 매우 친숙한 현상 속에서도 비슷한 일이 벌어진다. 물의 순환 고리가 그렇다. 물은 대양, 구름, 비로 순환되는 과정을 반복한다.

낭비를 발판으로 발전하는 인간 사회와 달리 자연에서는 어떤 것도 버려지지 않고, 어떤 것도 낭비되지 않는다. 자연은 서두르는 법이 없는 뛰어난 자동조절 시스템을 갖고 있으며, 그 시스템 안에서 유용한 것이 철저히 걸러진다. 자연이 가진 시간에 대한 개념은 우리의 개념과는 다르다. 생물권의 순환은 우리의 생산 시스템과 정면으로 배치된다. 도시에서 벌어지는 생존 경쟁과 절대 문을 닫는 법이 없는 금융시장을 보라. 기술은 어떤 면에서는 대단히 유용하지만 삶의 속도를 높인 원인 제공자이며, 삶을 위한 시간으로부터 우리를 더 멀어지게 만든 장본인들이다.

언제부터 이런 삶이 시작되었을까? 어떤 이들은 시계의 발명에서 시작되었다고 말한다. 시계가 등장하기 이전까지 사람들은 태양이 뜨고 지는 시간에 맞추어 일어나 잠이 들었다. 또 태양의 일과에 맞춰 반복적인 일과를 수행하고, 계절을 맞이했다. 하지만 시계의 발명은 그때까지 삶을 지배했던 다양한 시간 패턴을 혼란시켰다. 마침내 인간은 정밀한 시계에 의해 지배되는, 추상적이고 고정적이며 미리 정해진 시간이란 족쇄를 쓰게 되었다. 이러한 삶이 전기의 발명 때문이라고 말하는 이들도 있다. 전기를 사용하면서 우리는 낮과 밤의 사이클을 지킬 필요가 없게 됐다. 공장에서 더 오래 일하고, 겨울에도 일찍 일어나고, 어떤 시간에나 저녁 식사를 할 수 있게 된 것이다.

우리는 자연이 제시했던 삶의 경로에서 벗어났다. 그것이 우리의 운명이었다고 말할 수도 있다. 환경이 주는 제한과 여러 가지 질병을 이겨내고, 어떤 곳에서는 배고픔과 고통까지 극복해냈으니 인간의 승리라고 표현할 수도 있을 것이다. 하지만 나는 오늘날 목도하는 엄청난 빈부의 격차 외에도 우리가 엄청난 문제들을 안고 있다는 것을 말해두고 싶다. 우리는 대단히 위험한 질병에 감염되어 있다. 서두름이라는 질병 말이다.

기술은 거리를 단축할 수 있게 해주었다. 먼 곳이든 가까운 곳이든 비행기에 오르기만 하면 된다. 우리는 시간으로부터 가능한 많은 것을 짜낸다. 매일 같이, 아침부터 밤까지, 여기저기 뛰어다니면서 시간을 쥐어짜는 것이다. 그래서…… 우리는 더 행복해지고 있는가?

내 친구 하비에르는 사라고사에 살고 있다. 그는 그곳 대학에서 수문학 교수로 있는데, 무엇보다 강을 너무나 사랑한다. 수업 시간에 그는 유역이 무엇이고, 생물다양성이 무슨 의미인지 설명하고 강물이 바다를 오염시키는 것을 막겠다는 목적에서 만들어진 엄청난 댐과 저수지를 비판한다. 하지만 내가 그를 언급하는 것은 그가 '강의 행복river-happiness'을 창안했기 때문이다.

그는 친구들과 함께 그 용어가 정확히 무슨 의미인지 경험하는 행운을 누리고 있다. 우선 그들은 카누를 타고 강물을 따라가면서 강에 대해 생각하고 강을 접촉한다. 또 강의 냄새를 맡고, 강에 귀를 기울이면서 안으로부터, 강 자체로부터 강을 즐긴다. 거기에서부터, 그들은 위대한 자연의 경이가 갖고 있는 온전한 가치를 이해하게 된다. 이런 식으로 천천히 노를 젓고, 강기슭에 멈추고, 해가 물 아래로 지는 것을 바라보면서 수 시간 혹은 여러 날을 보내는 것이 하비에르가 창안한 '강의 행복'이다.

우리는 그를 안내자로 삼아 조금씩 강의 행복을 누리는 법을 배워가고 있다. 여기에 필요한 것은 샌드위치 몇 조각과 맥주, 그리고 수영복뿐이다. 이런 준비가 불가능한 사람은 없을 것이다. 하지만 우리 모두가 반드시 준비해야 할 것이 또 하나 있다. 바로 시간이다.

우리가 가진 시간을 '강의 행복'으로 돌리게 되면, 우리는 가던 길을 멈추고 느긋하게 이야기를 나눌 수 있는 혜택을 얻는다. 또 인간이 파베르faber(만드는 자)일 뿐 아니라 루덴스ludens(유희하는 자)이기도 하다는 확신도 얻기 시작한다. 나이가 몇이든 우리는 유희를 즐기는 생명체이다. 유희는 삶의 일부이기 때문이다. 더구나 강에서 시간을 보내는 것 자체가 끊임없이 흘러가는 날들의 은유이기도 하다.

하비에르와 강에서 시간을 보내면서 나는 또 다른 속도에 친숙해졌다. 나는 그들과 함께 에브로 강에서 카누를 하며 사흘을 보낸 뒤 정말 행복한 마음을 안고 돌아왔다. 우리가 한 것은 그 자체로서 가치와 보람을 지닌 일이었다. 나는 어떤 목적 없이도 존재하고, 시간을 보내고, 아름다움에 대해서 생각할 수 있었다. 우리는 어떤 목표를 추구하지 않고도 행복하게 그 과정을 즐겼다.

결과에 집착할 필요는 없다. 그것을 위한 적절한 조건만 만들면 굳이 찾지 않아도 바로 그 순간 결과가 거기에 나타난다. 그것이 카이로스, 즉 나타나서 당신을 기쁨으로 충만하게 하는 시의 적절한 사건이다. 하비에르는 다른 동료들과 함께 '새로운 물의 문화'라는 개념을 만들어냈다. 이것이 우리를 새로운 시간 문화로 인도한다는 것을 그도 알고 있었을까?

그렇게 시간을 보내는 것은 사회가 우리에게 원하는 것과는 정반대이다. 다음날 나는 사무실에서 계정에 쌓여 있는 이메일과 급한 보고서를 독촉하는 메모, 그리고 빠른 시간 안에 교정해야 하는 일들이 쌓여 있는 것을 보게 됐다. 그것들을 모두 훑어본 나는 내 자신에게 특권이 주어졌다고 생각하기로 했다. 집으로 일을 가지고 가서 할 수 있었기 때문이다. 하지만 생각은 거기에서 멈추지 않았다.

내가 글을 쓰고 있는 이 세계에서 우리 삶의 방식은 시장의 힘을 기반으로 한다. 시장의 힘은 싫든 좋든 우리의 시간을 지배하고, 우리를 생산과 소비 활동 속에서 늘 바쁘게 지내도록 만든다. 자유를 원한다면 시간을 다시 할당해야 한다. 우리가 원하는 것을 하고자 한다면 최소한 일하는 시간 외의 시간에 대한 재배분이 필요하다. 파티, 명상, 예술적인 창조 활동, 부모나 이웃과의 대화……. 자신을 들여다보거나 다른 사람의 말에 조용히 귀를 기울일 수 있는 것이라면 어떤 것이든 말이다.

과학자 리처드 파인만Richard Feynmann은 그의 매력적인 회고록에서 과학에 점차 관심을 가지게 된 사연을 들려준다. 그는 아버지로부터 주위에서 일어나는 일에 귀 기울이는 법을 배웠다. 보통은 눈에 띄지 않고 지나치는 작은 일들을 놓치지 않고 관찰한 뒤, 그것에 대해 의문을 갖고 조사하는 법을 배운 것이다. 그의 책은 아주 재미있다. 언젠가 어떤 사람이 파인만에게 물었다.

"과학이란 뭔가요?"

그는 조용히 대답했다.

"본질적으로 과학은 인내입니다."

자연과 보조를 같이 하고자 한다면, 진정으로 우리의 감정적, 사회적 유대를 돌보고 강화해야 한다. 또 지구를 파괴하는 행위를 멈추고, 건전한 생활방식을 만들어야 한다. 그러기 위해서 우리는 반드시 속도를 늦추고 내적인 고요를 개발해야 한다. 당신이나 내가 생산성 경쟁에서 이기지 못했다고 질책을 받을 때마다 우리는 무엇이 정답인지 알게 될 것이다. 인내 말이다.

자연은 자신의 일을 느긋하게 한다.

삶이 주는 가르침이야말로 배움의 근원이다.

우리는 자연의 길에서 벗어나

삶이 가진 리듬을 거스르고 있다.

느리고, 변함없고, 참을성 있는 리듬 말이다.

시간의 문제는 낭비의 문제이다.

우리는 행복을 주지도

다른 사람을 돕지도 못하는 일과 활동에

너무나 많은 시간을 낭비하고 있다.

05 느림과
지속 가능성

활을 끝까지 당기면 적당한 때에 멈추었더라면
좋았을 것이라고 생각하게 될 것이다.
–『도덕경』

존은 시속 120킬로미터로 고속도로를 달리고 있다. 그는
늘 과속했다. 하지만 지금은 벌점제 때문에 조심하지 않으면
안 된다. 급한 일이 있는 것도 아니다. 그는 집에서 기다리고
있는 친구 몇 명을 만나러 가는 길이다. 그런데도 가속장치에
서 도무지 발을 떼지 못한다. 그 전날에는 '시속 80~90킬로미
터로 달리면 연료 소비를 25퍼센트까지 줄일 수 있다'는 뉴스
를 보았는데 말이다.

그는 돈을 낭비하고 싶은 것이 아니다. 그저 그의 자동차가 강력한 성능을 가지고 있을 뿐이다. 180마력의 힘을 가진 그의 자동차는 아차 하면 저절로 가속이 되어 속도를 줄일 수 없다. 조금 일찍 도착하거나 늦게 도착하는 것은 존의 관심 밖에 있는 일이다. 하지만 운전대 앞에서 느끼는 그 힘은 세상 무엇과도 바꿀 수 없다.

자동차에 넣는 연료는 어떤가? 수없이 많은 주유소에 연료를 채우기 위해서는 몇 차례의 전쟁과 수도 없는 은밀한 충돌, 그리고 복잡한 국제적 게임이 필요하다. 이 와중에서 공급이 부족한 모든 재화가 그렇듯이 연료비는 계속 치솟는다. 하지만 존은 그런 일에 관심이 없다. 연료를 채우면 그는 언제나 40유로 어치의 보상을 얻는다.

자연이 대기 중에 포함되어 있는 탄소를 기름, 탄소, 천연가스 같은 화석연료 속에 침전시키려면 3억 년이 걸린다. 반면 이들 연료를 태워 기후 변화에 심각한 영향을 주기까지는 불과 300년 밖에 걸리지 않는다. 존은 이에 대해서 생각해보려 하지 않는다.

자연을 소비하면서 왜 우리는 자연이 그 자원을 만들어

내는 시간을 생각하지 않는 것일까? 우리는 왜 자연보다 몇백만 배 빨리 달려가는 것일까? 이는 오늘날 환경단체와 일부지식인, 과학자들이 제기하는 문제이다. 이들은 이제 우리가자연과 다른 종류의 관계를 맺어야 한다고 말한다. 그들은 지속가능한 발전을 옹호한다.

환경 위기의 근원이 되는 생태학적 문제들을 검토하면서늘 발견하게 되는 것은 속도가 생태 문제의 중요한 요소라는점이다. 20세기 중반, 세계 인구는 25억 명이었다. 그런데 겨우40년 만인 20세기 말에 그 수치는 두 배가 됐다. 그리고 내가이 글을 쓰고 있는 현재 세계의 인구는 65억 명에 달하고 있다.

문제는 인구학적 측면에만 그치지 않는다. 근본적인 문제는 생산과 소비의 패턴과 관련되어 있다. 지속가능한 발전을위한 황금률이 존재한다. 우리가 소비하고 오염시키는 속도를자연의 속도에 맞추는 것이다. 즉 자연이 다시 보충하고 원상으로 회복시키는 속도에 맞춰 소비하라는 것이다. 이 원칙은순전히 시간에 기준을 둔 접근방식이다. 우리는 자연의 일부이므로 당연히 자연과 보조를 맞추어야 한다. 그렇지 않으면우리는 숲을 파괴하고, 맑은 물을 고갈시키면서 수많은 환경 문제를 야기하는 광란의 레이스에 휘말리게 될 것이다. 그것은 인간도 함께 멸종하는 길이다.

야요Yayo는 상당히 오래 전부터 나와 가장 친밀한 협력자가 됐다. 어느 날인가 그녀는 당시 쓰고 있던 논문에 대한 조언을 구하기 위해 대학에 있는 내 사무실로 찾아왔다. 야요는 생태 운동에 참여하고 있었다. 그녀와 동료들은 책임감 있고 이타적인 태도를 견지하면서 생활 패턴의 변화와 생태적 균형, 사회적 형평성을 달성하기 위한 방법을 개발하도록 끊임없이 우리를 자극하고 있다. 그녀의 모토는 적은 것으로 더 풍요롭게 살자는 것이다. 다시 말하면 자발적인 자제력을 실천하자는 것이다. 이것은 우리가 깊이 생각해 보아야 할 문제이다. 소박한 삶은 본질적으로 자연을 보다 귀중히 여길 수 있도록 해 주고, 더 많은 사람들이 지구의 자원에 접근할 수 있는 기회를 제공하기 때문이다.

최근 야요와 나는 시간에 대한 문제를 두고 오랫동안 이야기를 나누었다. 예리한 지성의 소유자인 그녀는 딸 할레나에게 안전하고 건강한 지구를 물려주는 데 큰 책임을 느낀다고 강조했다. 그녀는 우리가 자연에게 행하고 있는 모든 유형의 해악과 공해는 미래 세대에 대한 책임감 부족에서 비롯되었다는 점을 명확히 인식하고 있다.

　　나와 야요는 우리 사회의 가장 큰 문제는 서구 사회에서 자라나 전 세계에 퍼진 성공 모델이라는 데 의견을 같이했다. 이 모델은 소유, 재화의 축적, 그리고 빠를수록 더 좋다는 생각에 기반을 두고 있다. 우리는 고속으로 움직이는 기계처럼 살고 있다. 시간을 필요로 하는 자연과는 대조적이다. 우리가 감당할 수 있는 수준을 넘어 빠른 속도로 생태계의 한계에 도달하고 있는 원인은 무엇보다 서두름에 있다. 생산의 서두름, 소비의 서두름, 눈에 띄지 않는 어딘가에 쓰레기를 내다버리는 서두름 말이다.

　　야요와 그녀의 가족은 이번 여름에 자전거를 타고 독일로 휴가를 떠났다. 그들은 기차 편으로 유럽의 절반을 횡단하면서 아름다운 곳마다 들러 자전거로 주변을 둘러보았다. 그녀의 가족은 가던 길을 멈추고 경치를 감상하고, 샘에서 물을 마셨다.

　　여행을 마친 그녀는 여행지에서 만났던 사람들과 천천히 들렀던 장소로부터 많은 것을 얻었다. 그녀는 아름다운 그림과 향기와 맛으로 가득 차 있었다. 모두 그녀의 마음속에 천천히 새겨진 것들이었다.

나는 야요를 보면서 그녀가 진짜 부자라고 생각했다. 그녀는 시간의 부자이기 때문이다. 그녀는 시간을 어떻게 다스리는지 알고, 시간이 위협을 받을 때면 그것을 어떻게 지켜야 하는지를 알고, 자신이 먼저 해야 하는 일이 무엇인지 알고 있었다.

매번 같은 실수를 반복하지 않으려면 이와 같은 사람들로부터 배워야 한다. 지속 가능성으로 진로를 전환하기 위해서는 여유를 부릴 시간이 그리 많지 않다. 그렇게 하기 위해서는 사회 전체가 시간, 생산과 소비의 시간적 측면, 지속 가능성의 가장 중요한 지표인 지구 자원 소모의 가속화라는 주제를 두고 깊이 있는 논의를 가져야 한다.

많은 어종들이 사실상 멸종됐다. 이유는 단순하다. 어선들이 자연 스스로 회복할 수 있는 수준보다 더 빨리 물고기를 잡았기 때문이다. 그러한 어리석음은 욕망과 총체적인 무책임으로밖에 설명할 수 없다. 여기에서도 문제의 원인은 서두름에 있다.

기업가들은 보다 짧은 시간에 보다 많은 제품을 생산하

는 데 매달려 있다. 하지만 이것은 근로자를 해방시키지도 못했고, 근로 시간의 단축으로 이어지지도 않았다. 그저 기업 이윤의 보다 빠른 증가를 가져왔을 뿐이다.

우리는 지금 어디로 가고 있는가? 우리 삶의 모델은 지속 가능한가?

전혀 그렇지 못하다. 우리는 경제학자들이 지위재positional good라고 부르는 것과 경제적 발전을 혼동해 왔다. 세계화된 사회에는 지위를 통해서 일부 사람들만 향유할 수 있는 재화가 있다. 그런 사회가 유지되려면 지위재에 접근하지 못하는 나머지 사람들의 희생이 필요하다. 우리는 그 재화를 경제적 성장으로 착각한 것이다. 그 결과 오늘날 세계는 인구의 20퍼센트가 세계 자원의 80퍼센트를 소비하고 있다. 반면 대다수의 아프리카, 라틴 아메리카, 아시아의 나라들은 극도로 가난한 환경에서 살아가고 있다.

지속 가능성은 그와는 좀 다른 이야기이다. 지속 가능성은 방향의 변화를 필요로 한다. 우리가 타고 있는 배는 항로를 이탈해 자멸을 향해 점점 더 빠르게 다가가고 있다. 자석이 가리키는 침로針路를 바꾸어야 한다. 하지만 그렇게 하기 위해서 우리가 가장 먼저 해야 할 일은 속도를 늦추는 것이다. 그래야만 우리는 제대로 된 항로로 되돌아갈 수 있는 방법을 찾을 수 있다. 우리가 어디에 있으며 어디로 향하고 있는지 정확히 알아내 자연의 패턴과 조화를 이루려면 마음을 가라앉혀야 한다.

일부 농부들은 우리 선조들이 먹었던 음식을 우리가 먹을 수 있는 기회를 제공하고 있다. 화학 물질이나 호르몬제를 쓰지 않는 제철 음식을 생산하고 있는 것이다. 속도를 쫓는 사람들은 유기 농업이 세계의 기아 문제를 따라가기에는 역부족이라고 주장한다. 하지만 잠재적인 독성을 지닌 여러 가지 화학 물질을 필요로 하는 영농 방식이 온 세계를 뒤덮었는데도 지구의 기아 문제는 줄어들지 않았다. 오히려 부유한 국가와 가난한 국가의 격차는 20세기 중반보다 더 커졌다.

2007년 로마에서 개최된 FAOFood and Agriculture Organisation 국제연합식량농업기구가 유기 농업과 식품 안전에 대한 국제회의에 제출한 보고서에 따르면, 유기 농업만으로도 지구 생태계가 인류 전체를 먹일 수 있다고 추산하고 있다. 기아가 만연되는 것은 오히려 분배의 문제 때문이다.

이러한 이야기를 하는 동안 야요는 나를 보며 특유의 명석함으로 이렇게 말했다.

"속도가 우리를 죽이고 있어요. 그것은 서구 사회가 나머지 세상에 수출한 가장 끔찍한 질병이죠."

그렇다면 이 질병은 언제까지 계속될까?

우리는 보다 단순한 삶을 살아감으로써

다른 사람들이 단순하게 살도록 유도해야 한다.

자발적인 소박함은 시간을 잘 사용함으로써 이루어진다.

자제력을 발휘하고 보다 느리게 자원을 사용하는 것은

개인적, 세계적 지속 가능성의 전제조건이다.

시간의 부자가 될 것인지 돈의 부자가 될 것인지를

선택하는 것은 우리의 몫이다.

우리의 선택은 우리 삶의 방식에 큰 영향을 미친다.

06 '시계'라는 독재자가 당신의 삶을 지배하고 있다

이렇게 생각해보자.
어떤 사람이 당신에게 시계를 선물로 주었다면
그것은 당신에게 화려하게 장식된 작은 지옥을 준 것이다.
장미로 만들어진 사슬을, 공기로 만들어진 감옥을 준 것이다.
─홀리오 코르타자르Julio Cortazar

젊은 시절 코루냐의 '엘 오벨리스코El Obelisco'는 즐거운 산책 코스이자 꼭 가보고 싶은 만남의 장소였다. 그 오벨리스크는 아직까지 도시의 중심부를 이루고 있다. 오늘날의 사람들은 그 오벨리스크가 과거에 어떤 용도로 사용되었는지 알고 있을까?

4천 년도 더 지난 옛날, 우리 조상들은 오벨리스크를 태양의 신께 바치는 공물로 사용했다. 오벨리스크의 용도 중 하나는 해시계처럼 시간을 측정하는 것이었다. 인류가 진화하는 동안 우리의 조상들은 모래시계를 사용하거나 별을 관측하는 등 여러 가지 장치들을 통해 시간과 날짜의 흐름을 계산했다.

예를 들어 이집트인들은 기원전 1,400년경에 이미 물시계를 사용하고 있었다. 이 물시계는 하나의 용기에서 다른 용기로 이동하도록 설계됐다. 물은 작은 구멍을 통과하면서 이동하는데, 하나의 용기에서 다른 용기로 이동할 때 같은 시간이 걸리도록 물의 양을 조절했다. 단순하지만 기발한 아이디어를 바탕으로 제작된 시계였다. 물시계는 해시계를 이용할 수 없는 밤에 사용됐다. 때문에 주간과 야간을 구분하는 것이 가능했다. 실제로 기원전 14세기까지 거슬러 올라가는 물시계가 이집트 카르나크 아몬 대신전에서 발견됐다.

고대 그리스와 로마에서는 웅변가가 연설하는 데 배정된 시간을 측정하기 위해 물시계가 이용되었다고 전해진다. 기원전 3세기 아르키메데스Archimedes의 제자 중 하나인 크테시비오스Ktesibios는 숫자와 시침이 있는 물시계를 만들었다.

그 어느 민족보다 독창적인 중국인들은 한때 일정한 간격으로 매듭이 지어져 있는 노끈을 사용했다. 그들은 노끈에 불을 붙이고 매듭이 타들어간 간격을 관찰하여 어떤 일의 지속 기간을 측정했다.

　모래시계, 오벨리스크, 물시계⋯⋯. 이러한 측정 장비들은 수세기 전에 시간을 측정하기 위해 이용된 도구들 중 일부에 불과하다. 중세에 이르러 기계적으로 움직이는 최초의 시계가 등장했다. 아주 정확하지는 않았지만 획기적인 발명품임에는 틀림없었다. 시계의 발명은 인간을 시간과의 새로운 관계로 이끄는, 인간의 미래에 핵심적인 혁신이었다.

　오랫동안 시계에는 시침 하나만이 존재했다. 이러한 시계들은 수도 생활과 기도하는 사람들의 일정을 관리하는 데 중요한 역할을 담당했다. 벽에 거는 커다란 시계에서 회중시계로의 전환이 일어난 것은 그보다 훨씬 뒤였다. 기록에 따르면, 최초의 회중시계가 출현한 시기는 1477년으로 거슬러 올라간다. 독일 아우크스부르크 도서관에 보관된 한 필사본이 이 시계에 대해 언급하고 있다. 그렇지만 시계가 광범위하게 사용되기 시작한 것은 시계 기술자들이 동력을 전달하는 작은 스프링을 개발한 17세기 중반 이후였다. 그 장치는 여러 유럽 국가들에서 동시에 나타난 것으로 보이지만, 실제 발명한 사람이 누구인지는 확실치 않다.

　질서와 정확성에 사로잡힌 과학 문화가 한창이던 18세기에 이르러서야 시계는 큰 명성을 얻게 됐다. 대량 생산과 기계화는 이 작은 기계 장치와 함께할 때에만 가능했기 때문이다. 심지어는 뉴턴이 태양계를 이해할 수 있었던 것도 그것이 시계의 이미지와 유사했기 때문이다.

　무역과 바다 여행, 공업의 발전으로 인간은 생산 활동을 조직화하고자 시계에 의존하게 됐다. 인공조명이 낮과 밤의 사이클을 무시할 수 있게 만들어 주자 공장뿐 아니라 우리의 일상적인 생활 역시 시계의 지배를 받게 됐다. 초등학생들조차 시계로 표시된 시간표의 지배를 받았다. 이것은 그들이 성인이 되어 생산 활동에 종사할 때를 대비한 일종의 '훈련' 역할을 했다.

　이렇게 해서 기계적 시간은 점차 자연의 시간을 대체하게 됐다. 시계는 아무런 해를 끼치지 않는 측정 도구였지만, 시간이 지나면서 인간의 자연적인 생체 리듬을 무너뜨리게 됐다. 결국 시계는 측정할 수 있고 계산할 수 있는 추상적 시간을 출현시킨 강력한 선동자가 됐다. 이것이 현대 문화의 특질이다.

시계는 계속 진화하면서 백만분의 일초 단위의 정확성을 가진 원자시계까지 출현했다. 우리는 기술을 통해 시간을 통제해 왔다. 우리는 시간을 측정할 수 있고, 계산할 수 있고, 관찰할 수 있으며 그것이 관찰되고 있다는 것을 알 수 있다. 그렇다고 해서 우리는 시간의 주인이 된 것일까? 오히려 시간이 우리를 지배하고 있는 것은 아닐까?

휴가가 시작되면 사람들은 흔히 시계를 풀어놓는다. 이것은 전혀 진부하거나 시시한 일이 아니다. 이때 우리는 자연스러운 생체 리듬을 따르면서 자연으로 돌아갈 수 있는 귀중한 기회를 얻게 되기 때문이다. 느긋하게 자연을 즐기면서 우리 몸에게 '시간을 낭비'할 수 있는 기회를 주는 것이다. 겉으로는 낭비하는 것처럼 보이지만 우리에게 건강과 행복을 가져다주는 것이 바로 그러한 시간들이다. 그러한 시간들은 생존을 위한 시간이다. 시계를 푼다는 것은 즐거운 경험의 시작을 상징한다. 더 이상 시간표나 생존 경쟁의 노예가 될 필요가 없는 것이다.

친구와 점심을 먹거나, 아이들과 이야기를 나누거나, 배우자와 대화를 해보자.

일상생활에서도 시계를 푸는 시도를 해보자.

아무리 바쁘더라도 천천히 심호흡을 해보자.

그런 다음 시계가 우리를 지배하는 독재자가 아니라는 것, 그것이 없어도 얼마든지 귀중한 순간들을 발견할 수 있다는 것을 느껴보라.

시계가 우리의 시간을 지배할 수 있을지 몰라도
내적 고요를 지배할 수 있는 것은 우리 자신뿐이다.
시간을 가장 잘 측정하는 방법은
그 중에 얼마나 많은 부분을
여러 형태의 사랑에 바쳤느냐를 가늠하는 것이다.
기회의 순간을 불러들이고
카이로스가 모습을 드러내게 하려면
우리가 그에 부응하는 행동을 해야 한다.
시계를 풀어놓는 것만으로도 충분하다.

07 새로운 삶의 창조, 'S' 요소

아무리 작은 것들이라도 아름다운 시로 노래할 수 있다.
하지만 우리 스스로에게 거슬러 노를 젓는 것은
불가능한 일이다.

-월트 휘트먼Walt Whitman

그레고리 베이트슨Gregory Bateson은 우리 시대의 걸출한 과학자이다. 그의 연구 분야는 인류학, 생물학, 인식론을 망라한다. 그의 연구 업적은 나를 비롯해 수많은 연구자들에게 배움의 근원이자 지침이 되어 왔다. 다음의 일화는 베이트슨의 저서에 나와 있는 배수체 말에 관한 것이다.

1980년대 말경 한 과학자가 새롭고 강력한 클라이즈데일 Clydesdale(스코틀랜드가 원산지인 말의 한 품종-옮긴이) 종을 만들기로 했

71

다. 그 말은 그 과학자가 해 온 엄청난 실험과 연구의 결과물이었다. 그는 이전의 종보다 키와 몸집이 두 배나 큰 종을 만들어냈다. 정상적인 말보다 염색체의 양이 4배 많은 배수체였다.

이 이야기를 하는 것은 실험의 실패를 강조하기 위해서이다. 과학자는 새로운 종을 대중에게 공개하는 행사를 열었지만, 그 말은 끝내 일어서지 못했다. 너무 무거웠던 것이다. 일반적인 클라이즈데일보다 8배가 무거웠다.

베이트슨은 이 사례를 통해 모든 생체 내에서 일어나는 현상에 대한 경각심을 불러일으키고 있다. 생체는 대단히 복잡하기 때문에 그들의 성장은 2+2+2+2와 같은 단순한 패턴을 따르지 않는다. 새롭게 창조한 클라이즈데일의 크기, 면적, 부피 곡선에서는 선형적인 관계가 유지되지 않았다. 크기가 모순되게 증가한 것이다.

이는 그 새 클라이즈데일에게는 물론이고 우리에게도 대단히 심각한 문제이다. 우리는 '더 큰 것'이 언제나 '더 나은 것'이라는 사고방식으로 문화를 발전시켜왔다. 일정한 용인의 한계를 넘어설 경우 성장이 오히려 장애가 된다는 것을 깨닫지 못한 채 더 커지는 것에만 매료되어 끝없는 성장의 모험에 몸을 던지고 있는 것이다.

베이트슨은 코끼리든 뾰족뒤쥐든 저마다 최적의 크기를 가지고 있다고 말한다. 코끼리는 큰 몸집이 가진 문제로 괴로워하고 뾰족뒤쥐는 작은 몸집이라는 문제로 고통을 받는다. 하지만 어느 쪽이든 몸집을 변화시킨다고 해서 형편이 나아지는 것은 아니다. 각자는 자신의 크기에 적응되어 있다.

우리가 탐내는 것들의 가장 적절한 양이 얼마인지 알 수 있는 방법이 있을까? 최소한 짐작이라도 할 수 있을까? 우리는 행복해지는 데 필요한 것보다 더 많은 돈을 벌고 더 많은 것을 모으기 위해 돌진하는 데 소중한 인생의 시간을 바치고 있지 않은가?

그리스인들은 적절함을 넘어서는 것을 히브리스hybris(불손, 오만)라고 말한다. '히브리스'는 사람들이 불손을 저질렀을 때 신들이 벌을 주는 이야기가 담긴 신화에서 자주 사용되는 개념이다. 히브리스라는 여신도 있다. 에레보스Erebus와 나이트Night의 딸인 히브리스는 충동성과 무모함의 화신이었다. 헤로도토스Herodotus는 "신성은 지나친 것에 반대한다"라고 쓰기도 했다.

적절함을 알며 모자라지도 넘치지도 않는 중용中庸은 그리스인들에게 미덕이었다. 중용은 자연을 잘 아는 전문가들도 추천하는 덕목이다. 자연에는 서두름이나 욕심과 같은 것이 존재하지 않는다.

그런데도 우리는 성장을 향해 질주하는 추월 차선을 고집한다. 중소기업들은 성공을 증명하려는 듯 몸집을 키우고, 도시는 중요한 곳이라는 인상을 심어주기 위해 스스로를 확장한다. 교육은 그 자체의 질보다 나열된 프로젝트와 석사 학위의 숫자, 참고문헌 인용 숫자를 기준으로 평가한다. 이 때문에 많은 사람들이 직업적인 관심사나 사적인 생활과 관련된 것인지 생각해보지도 않은 채 목표를 향해 허둥지둥 달려간다. 그것이 몇 시간, 며칠이 걸리더라도 말이다.

기계가 우리의 세상을 침범했다. 우리는 그것들을 지배하기보다는 효율과 속도라는 그것들의 논리에 따르고 있다. 효율과 속도는 우리가 기계로부터 얻고자 한 것이었다. 다만 우리는 그것이 어떤 일을 하게 될지 전혀 예측하지 못했다. 본질적인 인간의 가치로부터 멀어지게 된다는 것을 깨닫지 못한 채 기계의 시간적 패턴을 채용한 것이다.

이제 직장에서 중요한 직위를 가진 젊은 여성들은 아이를 가질 수 없다는 것을 순순히 받아들이는 세상이 됐다. 그들은 출산이 자신의 경력을 망칠 것이라고 생각한다. 단시간에 최대의 성과를 얻는 메커니즘을 추구하는 고용주 역시 여성의 임신을 중대한 결점이라고 생각한다. 이러한 메커니즘 속에서 임신한 여성은 이 빠진 톱니바퀴에 불과하며, 해고의 대상이 된다.

몇 년 전 나는 파울 바츠라비크Paul Watzlawick가 쓴 『울트라솔루션-가장 성공적으로 실패하는 방법Ultra-Solutions-How to Fail Most Successfully』이라는 책을 읽었다. 저자의 통찰력이 우러나는 몇몇 구절은 아직까지도 기억에 남아있다.

'발전하고, 성장하고, 번영하는 모든 것은 작은 발걸음이 모여서 이루어진다.'

동양의 고대 현인도 이와 같은 생각을 훌륭하게 표현했다.

'천리 길도 한 걸음부터.'

이 여정은 우리를 어디로 이끄는가? 건강한 삶을 향해서인가, 중용이 결핍된 히브리스를 향해서인가? 자연의 법칙을 따르면 건강한 삶을 위한 기본적 욕구의 충족만으로도 최적의 상태에 이르게 된다는 것을 이해할 때가 올 것이다. 이것은 안정적인 상태가 아닌 역동적인 상태이다. 하지만 그것은 중용으로의 초대이며, 더 큰 것이 언제나 더 나은 것은 아니라는 점을 인정하는 것으로의 초대이다.

혹 당신이 이 상태라면 축하해 마땅한 일이다. 만약 당신이 지금부터 삶에 느림을 도입하기로 결정했다면, 느긋하게 인생을 산다는 것이 일을 하지 않고 빈둥거린다는 의미가 아니라는 것을 알게 될 것이다. 느림이란 어떤 상황에서든 적절한 속도로 임한다는 의미이다. 그렇게 되면 히브리스 여신이 당신의 인생에서 큰 의미를 갖지 못할 것이고, 당신은 경제적인 성장이 없이도, 속도를 높이지 않아도, 인간의 발전이 가능하다는 것을 믿게 될 것이다. 또 인간의 발전은 개인이 살고 싶은 삶을 파악하는 문제이며, 인간으로서 우리의 정체성을 재수용하는 문제라는 것도 깨닫게 될 것이다.

내 친구 중에는 아이의 성장에 너무 집착한 나머지 의사가 처방한 비타민 A를 두 배로 먹인 이가 있었다. 그 아이는 심각한 병에 걸릴 위기를 겪었다. 좋은 의도였던 것은 틀림없다. 친구 부부는 아들이 건강하고 씩씩하게, 성장하기를 원했다. 아마도 '누구보다 건강하게' 자라기를 원했을 것이다. 다만 그들은 모든 것에 최적의 양이 있으며 '좋은 약도 지나치면 독이 된다'는 옛말을 생각하지 못했다.

살아 움직이는 모든 시스템(자연, 사회, 인간관계)에는 변화의 한계점thresholds of change이 존재한다. 변수 중 하나가 그 한계점을 초과하면 비선형역학 때문에 시스템이 질적으로 변화하게 된다. 그러한 환경에서는 '문지방 효과threshold effect(특정한 물질이나 생물체에 일정한 한도를 넘는 자극이 가해질 경우 새로운 현상이 나타나는 효과)'로 인해 물리적, 사회적 시스템들이 망가지고 이전의 모습을 잃으면서 통제하기 힘든 상황에 처하게 된다.

우리가 보았듯이 서두름이 언제나 좋은 것은 아니지만 구급차를 타고 병원에 실려 갈 때처럼 꼭 필요한 경우도 있다. 그런 특별한 경우에는 느림 대신 속도가 절대적으로 필요하며, 운전사는 마음을 놓지 말아야 한다. 그렇지만 다행히도 인생은 항상 구급차를 타고 요란한 소리를 내며 다니는 일로만 이루어진 것이 아니다. 집에 불이 났다면 당연히 급히 빠져나와야 한다. 하지만 집에 불이 나는 일은 일상적인 사건이 아니다.

경험을 통해 보면 사람들은 나이를 많이 먹거나, 건강이 크게 나빠졌거나, 심각한 병을 앓고 있을 때에 이르러 시간의 진정한 가치를 깨닫는다. 그제야 우리는 다른 시각에서 진정한 소망을 갖기 시작하고, 진정 중요한 것이 무엇인지를 명확히 볼 수 있게 된다. 그때가 되면 그동안 자신이 얼마나 시간을 낭비했는지 알고 후회하게 된다. 때로 그 깨달음은 너무 늦게 찾아온다.

우리는 '정상 상태'를 새롭게 만들어야 할 필요가 있다. 우리에게 스트레스와 불안을 유발하는 삶의 방식이나 속도가 정상적이라는 생각을 버려야 한다. 많은 사람들이 '나는 일에 몰두하고 있다'라든가 '다른 아무 것도 할 시간이 없다'는 식으로 얘기하면서 마치 충실한 생활을 하고 있는 것처럼 과시하는 일을 그만두어야 한다. 그 말의 진짜 의미는 그들이 삶을 적절하게 꾸려나가지 못하고 있다는 뜻이다.

우리는 때때로 'S(Slowly)' 요소, 즉 느림의 요소가 얼마나 증가하고 있는지, 혹은 감소하고 있는지를 확인해보아야 한다. 느림의 균형이 불안정하다면 분명 성장, 정체, 하락의 기간이 번갈아 찾아올 것이다. 그렇다고 걱정할 필요는 없다. 살아 움직이는 시스템은 질서와 무질서 사이를 끊임없이 변동하는 시스템이며, 삶은 바로 그러한 변동의 결과이기 때문이다.

그렇지만 'S' 요소가 점점 낮아지고 있다면 반드시 하던 일을 멈추고 자신의 삶에서 적절치 못한 것이 무엇인지 생각해 보아야 한다. 좋은 직업과 한 채 이상의 집과 한 대 이상의 차가 있더라도 정작 우리 자신의 자유는 잃어가고 있을 수도 있다. 자유는 시간이고 시간을 상점에서 구입할 수는 없기 때문이다.

이탈리아의 철학자 지아니 바티모Gianni Vattimo는 인간으로서의 존재 경험이 꼭 안정적이고, 고정적이고, 영원한 것만은 아니며 오히려 여러 가지 사건, 변화, 기회와 밀접하다고 말한다. 그렇지만 사건이 일어났을 때 우리가 그 사건들을 충실히 살아내기 위해서는 그에 대해 준비가 되어 있어야 한다. 다시 말해 우리가 느린 인간이 되어야 하는 것이다.

우리는 느리다.

하지만 일을 느리게 하기 때문이 아니라

스스로에게 우리가 원하는 것에 대해

천천히 생각을 할 시간을 부여하기 때문이다.

선은 '결코 지나치지 않은 것'에 있다.

중용은 대상을 이용하는 시간에 대한

적절한 평가에서 시작한다.

자유는 바로 시간이다.

그리고 시간은 자유의 전제조건이다.

08 느린 삶이
더 긴 삶이다

몸에는 음악이 내재한다.
우리는 그 음악에 주파수를 맞출 수 있고
또 그렇게 해야만 한다.
-디팩 초프라Deepak Chopra

내 친구 사라는 집중치료실에서 일하는 의사와 오랫동안
결혼생활을 해왔다. 남편 마이클은 중환자실에 있는 환자들
을 치료하는 사람 중 하나였다. 사라와 마이클은 말라가에 아
름다운 집을 가지고 있었다. 나는 그곳에서 절대 잊을 수 없는
장면을 보았다.

거실의 깔개가 보트처럼 물 위에 떠 있었고, 의자와 가구
는 흠뻑 젖은 채 나뒹굴고 있었다. 집 전체가 호수를 연상시켰

다. 파열된 배수관이 범인이었다.

따뜻하고 아늑한 집에 도착했다는 안도감을 갖고 있다가 그런 상황을 받아들이는 것은 쉽지 않은 일이다. 사라는 충격을 받은 표정이었다. 그녀는 망연자실했다. 그때 그녀의 남편 마이클이 한 말을 나는 잊을 수 없다.

"사라, 생명 유지 장치에 의존해 사는 것 말고는 정말로 심각한 일이란 없어요."

그 이후 사라는 인내심을 갖고 집안을 정리했고, 지금 그 집은 평소대로 아늑한 모습을 되찾았다. 거실 깔개는 새 것으로 바꾸어야 했지만 말이다.

내가 이 이야기를 통해 말하고 싶은 것은 무엇일까? 물론 불가피하게 서두를 상황도 있다. 중요한 문제가 예상되기 때문에 기다릴 수 없는 때가 있는 것이다. 하지만 그러한 상황에서조차 마이클이 사라에게 한 조언, 내적 고요를 잃지 말아야 한다는 점을 기억하자.

이 같은 상황을 인생에서 얼마나 자주 경험할까? 우리는 그런 일을 어떻게 처리하고 있을까? 그러한 문제에 처했을 때 그 순간에 압도당하지 않고, 장기적인 관점을 취하고, 균형 있는 시각에서 문제를 바라볼 수 있을까?

비유적으로 말하자면 거실 깔개는 하루에도 대 여섯 번씩 물에 흠뻑 젖을 수 있다. '어제까지' 끝냈어야 하는 일이 있을 때마다, 약속에 늦어 서두르거나 우리의 한계점을 넘어 설 때마다……. 그러한 상황에서는 심장박동이 빨라지고, 목 근육이 경직된다. 이와 함께 부신 피막은 미친 듯이 아드레날린, 노르아드레날린, 코르티솔과 같은 스트레스 호르몬을 분비하기 시작한다.

상황의 급박함은 스트레스가 우리의 마음과 몸에 어떤 영향을 주는지 보여준다. 우리가 어쩔 줄 모르는 상태에 처하거나 급박한 느낌을 받거나 서두를 때면 신체는 그에 적응해 간다. 하지만 상황이 계속되면 결국 우리는 두통을 느끼고, 불면증과 혈압의 상승을 경험하게 된다. 왜일까? 내분비학자 디팩 초프라는 이를 아주 간단하게 설명한다.

"메시지 자체는 아무것도 아니다. 하지만 당신의 몸은 그것을 중요한 것으로 변화시킨다."

뇌가 받아들인 스트레스의 메시지는 몸 안 어딘가에서 질병으로 전환된다. 우리의 몸은 이 서두름의 병을 증상으로 만들고 결국은 병으로 바꾼다.

시간생물학은 미네소타 대학의 의학교수인 프란츠 할베르크Franz Halbergh가 기초를 세운 의학의 한 분야이다. 할베르크 교수가 연구한 시간생물학은 모든 인간에게 적용되는 생물학적 사이클과 리듬을 탐구한다. 이 학문은 신체가 내적 음악을 가지고 있으며 정말로 행복하고 건강한 삶을 살고 싶다면 그 음악에 우리를 맞추어가야 한다는 것을 가르쳐 준다.

그러면 어떻게 해야 할까? 누구나 이론에는 이미 익숙할 것이다. 이제는 그것을 실천에 옮기기만 하면 된다. 라디오를 듣거나 신문을 읽지 않고 아무리 급하더라도 천천히 아침 식사를 하면서 아침의 맛과 향기를 음미하고, 가능한 많이 웃고 (웃음은 스트레스에 대한 훌륭한 치료제이며 신체의 방어능력을 향상 시키기까지 한다), 때때로 느린 음악을 듣고, 휴식 시간을 일정하게 지키며, 다른 사람들도 그것을 지키도록 하는 일 같은 것 말이다.

실천하는 데는 습관이 큰 역할을 한다. 휴대 전화의 전원을 절대 끄는 법이 없는 사람들이 있다. 이들은 언제나 촉각을 곤두세우고 있다. 나는 그런 사람들에게 농담 삼아 핵폭탄의 발사 버튼을 누르는 일을 하고 있느냐고 묻는다. 우리는 아무도 대체할 수 없는 불가결한 존재가 아니다. 그 일은 내가 아니라도 누군가 할 수 있는 일이다. 조용히 식사할 시간을 좀처럼 가질 수 없을 만큼 시급한 일을 하는 사람은 없다. 잠을 잘 자는 것도 극히 중요한 일이다. 잠을 잘 때는 에너지 소비가 떨어지면서 몸의 방어력이 강해진다. 체온과 대사율을 낮추는데 도움을 주는 강력한 항산화제인 멜라토닌의 작용이 몸에 활기를 되찾아 준다.

잠을 잘 자지 못하거나, 충분히 자지 못하거나, 엉뚱한 시간에 자는 잠으로 인해 수면 사이클이 틀어지면 우리 몸은 깨어 있는 시간과 잠자는 시간의 전환에 완전히 적응하지 못하게 된다.

일과시간 동안에도 명상을 통해 우리의 내적 고요를 회복할 수 있는 상태를 만드는 것이 가능하다. 우리는 명상을 하는 동안 시간의 느린 속도를 인지하고, 머릿속에 들끓는 생각을 차단하고, 우리의 몸을 총체적으로 개선시킬 수 있다. 수년간 명상을 실천해온 사람들의 경우 명상을 하지 않는 사람에 비해 코르티솔과 아드레날린 수치가 낮고 면역 체계가 건강하다.

명상은 기본적으로 마음과 생각을 차분하게 하는 활동으로 이루어진다. 명상을 할 수 없거나 하고 싶지 않을 수도 있다. 그런 사람이라도 인생의 우선순위를 정하고, 휴대 전화를 잠시 꺼두고, 교통 체증을 참지 않아도 되는 조용한 곳으로 가 볼 수는 있을 것이다. 삶의 속도를 늦추고 자신 안에 있는 고요를 찾을 기회를 가져 보는 것이다.

내 친구 안나가 아주 간단하면서도 효과적인 방법을 가르쳐 주었다. 주말에 함께 이야기를 나눌 때면 그녀는 언제나 나를 호텔의 로비로 데려간다. 호텔의 로비는 상당히 조용하고 지나는 사람이 많지 않은 것이 보통이다. 나는 그녀와 함께 전에 알지 못했던 마드리드의 많은 호텔을 발견했다. 무엇보다 적절한 장소를 찾는 일을 통해 방해받지 않고 겨울의 긴 오후를 호젓하게 보낼 수 있었다.

누구에게나 어떤 상황에나 잘 들어맞는 비결은 없다. 그저 삶의 속도를 늦추어 보려는 시도를 통해 고요를 받아들이는 법을 배우기 시작하는 것이다. 고요는 내적 평화의 필수 조건이다. 고요를 통해서만이 우리 자신을 알 수 있고, 주위에 있는 것을 모든 가능한 측면에서 바라볼 수 있다. 그러나 불행히도 요즘에는 고요가 몹시 부족하다. 어디를 가나 TV가 켜져 있고, 거리는 자동차의 소음이 들리며, 집은 방음이 거의 되지 않고, 시끄러운 이웃들이 있다.

도시를 벗어나 자연을 찾아가는 것도 좋지만 생활환경 속에서 고요를 위한 공간을 찾고 만드는 노력이 필요하다. 일상적인 환경 속에서 자신에게 조용히 귀를 기울이고 스스로를 있는 그대로 직시하거나, 고요함과 차분함과 이해가 충만한 완전히 새로운 시각으로 동반자를 응시하는 일이 우리에게 맡겨진 과제이다.

헤르만 헤세Harmann Hesse는 그의 아름다운 작품 『싯다르타Siddharta』에서 말했다.

"당신 안에는 언제든지 당신이 한 발 물러서서 자기 자신이 될 수 있는 고요와 안식이 있다."

거기에 '더 건강해지고, 더 행복해질 수 있는'이라는 말도 덧붙일 수 있을 것이다.

우리 몸의 내적 리듬에 귀를 기울이고

그에 보조를 맞출 때 우리는 건강과 행복을 키우게 된다.

명상을 하는 것은 고요를 만들고

마음의 회오리바람을 진정시키는 것이다.

명상을 할 때는 시간이 확장되어 평온과 고요에 가닿는다.

고요는 정적의 신실한 동지이다.

그로부터 우리는 내가 누구이며

내가 원하는 것이 무엇인지 배울 수 있다.

09 사랑은 느리게 사는
사람들의 스포츠다

우리의 삶은 사적인 것이든 공개된 것이든,
집안의 것이든 직업적인 것이든, 우리가 삶에 투자하고
삶에서 찾는 사랑에 비례하는 가치를 가진다.

-A. 콩트 스퐁빌A. Comte Sponville

　사랑은 누구나 쉽게 할 수 있는 게임이 아니다. 그 풍성
함을 온전히 누리는 사랑을 하기 위해서는 지혜와 사려와 넉
넉한 유머, 그리고 시간이 필요하다. 이러한 조건은 쉽게 얻을
수 있는 것이 아니다. 하지만, 헌신과 보살핌에 관한 한 우리는
언제나 사랑하는 사람과 나눌 시간이 부족하다는 것을 깨닫
게 된다.

　두 사람이 서로 사랑할 때(커플일 수도, 친구나 부모, 자녀일 수

도 있다), 그들의 관계는 교향곡을 연주하는 것과 흡사하다. 많은 악기가 모여서 한 곡의 음악을 연주하듯이 사랑하는 사람들 역시 혼자 악기를 연주하는 연주자라고 생각할 수 있다. 하지만 교향악을 연주해내려면 엄청난 인내가 필요하다. 실수를 통해 교훈을 얻는 법을 배워야 한다. 때로는 고지식한 사람이 되어서 다시 시작해야 한다. 간단히 말해 오케스트라 연주는 첫 날부터 완벽하게 조화를 이룰 수는 없다. 둘째 날도 셋째 날도 힘든 과정을 거쳐야 한다는 것을 받아들여야 한다.

음을 맞추는 데 상당한 시간이 걸리듯이 리듬을 유지하고, 적절한 속도를 지키는 데에도 시간이 걸린다. 하지만 이 '교향곡과 같은 사랑'에서 정말 아름다운 것은 각각의 소리와 순간이 그 자체로서 큰 가치를 가진다는 점이다. 그 하나하나가 카이로스, 다시 할 수 없는 시간, 상호적 헌신의 기회를 나타내기 때문이다.

나는 미국의 철학자 앨런 와츠Alan Watts를 통해 그동안 잊고 있던 것을 깨닫게 됐다. 교향곡을 연주하는 것은 마지막 코드에 이르기 위해서가 아니다. 사랑도 마찬가지이다. 사랑은 기간을 단축시키거나 성급한 몸짓(선물, 여행 등)으로 반응해야 하는 일이 아니다. 음악처럼 한 소절 한 소절 적절한 박자로 써나가야 하는 것이다. 때로는 조금 빨라질 수도 있고 때로는 아다지오가 될 수도 있다. 하지만 교향곡을 위해서는 모든 악구樂句의 박자, 지속, 전달이 필요하다.

누군가를 사랑하는 것은 누군가와 친해지는 것과 마찬가지로 공감과 감탄에서 시작된다. 이들을 통해 상대에게만 있는 특별한 점을 보고, 친밀감을 감지하고, 함께 걷고 싶은 욕구를 느끼게 되는 것이다. 하지만 그 첫 순간 이후에는 모든 것이 작은 것들에, 경청의 순간에, 그리고 친구나 연인의 약점을 발견하고 기꺼이 받아들이며 천천히 걸어가는 여정에 달려 있다. 서두르고, 박자를 당긴다면 이 모든 것은 불가능해진다. 때로는 그 관계에서 최악의 순간이 만들어지기도 한다.

미국의 한 유명한 대중가요에는 이런 구절이 나온다.

"나는 손이 느린 남자를 원해요."

그 말 속에 힌트가 담겨 있다. 우리가 원하는 것은 손만 느린 남자가 아니라 마음도 느린 남자이다. 마음이 느린 사람은 고요를 여유롭게 처리해 나가는 느린 영혼의 소유자이다. 우리는 삶이라는 정원에 물을 줄 수 있게 해주는, 볼테르Voltaire

가 표현했듯이 우리 곁에서 '자신의 정원을 가꾸는 법을 배우는' 사람을 원한다.

물론 남자도 '손이 느린 여자'를 찾는 편이 좋을 것이다. 여자들은 너무 서두른다. 서두를수록 빨리 지치게 마련이다. 이렇게 지쳐버린 후에 정작 중요한 사랑은 멀리한다. 어쩌면 노래의 가사는 '우리는 느린 손을 가진 사람들을 원해요'와 같이 복수형으로 고쳐 써야 할 것 같다. 사랑을 서두르지 않는, 서로를 바라보고 알아갈 수 있는, 우리가 다른 사람의 인생에서 중요한 의미라는 것을 느낄 수 있는, 그런 사람을 원한다고 말이다.

헤르만 헤세의 『싯다르타』에서 젊은 주인공은 영적인 탐색 도중에 하인이 되어 일을 하기로 결심한다. 자신의 장점을 말하라는 질문에 그는 이렇게 대답한다. "저는 기다릴 줄 압니다."

중요한 것은 우리가 기다릴 줄 아는가, 스스로에게 긴 기다림을 부여할 수 있는가이다. 즉 상대방이 자신의 속도에 맞추어 마음을 열 때까지 기다릴 수 있는가이다. 샘 킨Sam Keen에 따르면 "동물들은 자연이라는 배경 속에서 살고, 인간은 스토리라는 배경 속에서 산다"라고 한다. 우리가 잊고 있는 것을 환기시키는 좋은 말이다. 우리의 삶은 사실 스토리를 이해하고 공유하는 것으로 이루어진다. 스토리를 말하고, 그에 귀를 기울이고, 다른 사람들이 가진 스토리의 일부가 되고, 그들을 우리 스토리의 일부로 받아들이는 것이다. 하지만 급하게 서두른다면 그런 아름다운 일이 이루어질 수 있을까?

사랑은 그것이 친구와의 사랑이거나, 애인과의 사랑이거나, 가족에 대한 사랑이거나를 막론하고, 스토리를 공유하는 모험이라고 말할 수 있다. 소설가들이라면 잘 알고 있겠지만, 좋은 스토리가 되려면 훌륭한 첫 대사만 필요한 것이 아니다. 매 페이지마다 긴장이 유지되어야 하고 지나치게 늘어져서는 안 된다. 그것은 시간이 필요하다는 것을 의미한다. 인생도 마찬가지이다. 우리의 스토리는 다른 사람의 스토리와 얽혀 있다. 들고 나는 감각의 흐름, 감정, 기쁨과 슬픔이 우리를 안아주고, 너는 혼자가 아니라고 말해주면서 천천히 우리를 감싸는 옷감의 실을 자아내는 것이다.

느린 사랑을 하는 사람들은 대단히 강력하다. 그들은 주변을 빛나게 만든다. 그들의 태도는 언제나 강력한 영향력을 발휘한다. 그들은 서두르지 않는 속도로 그 장면을 환하게 만든다. 그들은 문제가 발생해도 따스한 손길로 어루만짐으로써 원래의 궤도로 복귀시킨다. 그들의 영향력은 결국 주위 사람들에게까지 미친다.

여러 형태의 사랑에 많은 시간을 바치고 있다면 당신은 행운아다. 그렇지 않았다면 앞으로 노력해보라. 그렇게 노력한다면 삶을 마칠 때 당신의 묘비에는 다음과 같은 비문이 새겨질 수 있을 것이다.

"많은 사랑을 했던 사람. 느리게 사는 사람들의 스포츠를 즐겼던 사람."

사랑은 시간, 우리 자신의 시간과

다른 사람들의 시간과의 보이지 않는 관계이다.

사랑에서도 느림을 이기고 앞서가야 하는 일이 생긴다.

우리는 다른 사람을 위해 우리의 시간을 바치고

때로 긴급히 필요한 일을 한다.

하지만 그런 사랑도 절대 영혼을 잊게 만들어서는 안 된다.

거기에도 시간으로부터의 양분이 필요하다.

우리가 어떤 대상을 사랑하는 것은 그것이 완벽해서가 아니다.

우리가 '완벽하게' 사랑할 수 있는 것을 보게 되었기 때문이다.

때문에 우리에게는 시간이 필요하다.

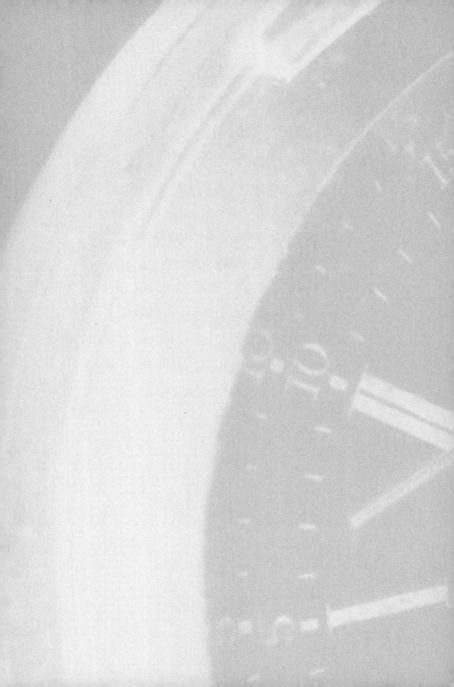

2부

느린 시간으로
할 수 있는
일들

10 시간 은행이 당신을 기다리고 있다

열정으로 할 수도 있는 일을
책임감으로 한다는 것은 슬픈 일이다.
-J. 오르테가 이 가제트 J. Ortega y Gasset

"구인: 기꺼이 경청할 수 있는 분."

이 간단한 광고 때문에 독일 여성 헬가는 시간 은행Time Bank에서 일하게 되었다. 시간 은행에서 일하고 있는 대부분의 사람들이 마찬가지의 경험을 했다. 그 대가로 그녀는 무엇을 받게 될까? 헬가는 내일 누군가에게 물이 새고 있는 부엌의 수도꼭지를 고쳐달라고 부탁할 생각이다.

시간 은행에는 불가능한 것이 없다. 직원들의 창의성이

98

숫구치기 때문이다. 사람들은 그들이 필요로 하는 것을 누구나 볼 수 있도록 공개하고, 자신들이 할 수 있는 능력껏 유용한 분야에서 서비스를 제공한다.

일에는 가격이 붙어 있지 않다. 이곳은 돈 없이 운영되는 최초의 은행이다. 시간 은행은 각각의 사람이 다른 사람에게 서비스를 제공하면서 투자한 시간을 교환함으로써 운영된다.

컴퓨터 전문가인 마티아스는 지식을 주고받는 방법에 대해 많은 것을 알고 있다. 그의 강의는 특히 주부와 노인들 사이에서 인기가 높다. 그가 자신이 가진 지식을 기꺼이 전달하는 것은 자신이 타인에게 베푼 만큼 이웃인 케리로부터 영어 수업을 받을 수 있기 때문이다.

호혜성은 시간 은행의 황금률이다. 이 작은 조직들은 도움이나 결속 같은 개념을 넘어 공동체 생활에 상당히 중요한 인적, 사회적 유대의 모델을 만들어 왔다.

그것은 결코 작은 일이 아니다. 헬가가 시간 은행에 참여한 이유 중 하나는 이웃의 재발견이다. 이전에 그녀는 이웃들과 접촉이 그리 많지 않았다. 하지만 지금은 혼자 사는 노인들을 돌보면서 이전에는 알지도 못했던 사람들로부터 도움을 받고 있다. 헬가는 시간 은행이 시작될 때 들었던 이야기가 정말이라는 것을 느끼고 있다.

"유럽은 하나의 화폐를 쓰게 되었습니다. 이제는 사람으로 하나가 되는 유럽을 만들 차례입니다."

유럽 국가는 물론 유럽 밖에도 시간 은행들이 있다. 이 모델은 영국에서 처음 시작되었지만 나는 프랑스, 독일, 캐나다는 물론 이탈리아와 스페인 같은 지중해 국가에서도 시간 은행을 발견했다. 낙관적이고 흥겨운 기질을 갖고 있는 지중해 국가의 문화는 이런 종류의 프로젝트와 대단히 잘 맞는다.

시간 은행은 우리 사회가 점차 잃어가고 있는 사적, 공동체적 상호 작용을 회복시킬 수 있는 방법이다. 시간 은행은 최초의 무료 서비스 교환 시스템, 시간이 교환 단위가 되는 '비화폐성 경제'로 이어진다. 이 황금률은 유용한 활동에 즐거움과 공동체적 연대를 결합시킴으로써 화폐를 교환하면서 행해질 일을 열정과 유머를 가지고 하게 만든다.

시간 은행에 참여한 사람은 자신이 가진 기술이 무엇이며, 다른 사람을 위해 할 수 있는 일이 무엇인지를 먼저 밝힌다. 그런 다음 자신이 할 수 있는 일과 다른 회원들이 제공할 수 있는 일의 목록을 교환한다. 하고 있는 일이나 서비스에 상관없이 교환의 단위는 시간이다. 배관공의 한 시간은 의사의 한 시간과 같은 가치를 가진다. 각 구성원은 시간으로 된 통장을 가지고 있다. 차변과 대변이 있는 통장은 받은 서비스와 제공한 서비스에 따라서 계속 변하게 된다.

시간 은행은 교환 과정이 개인 간에 직접 이루어지지 않고 분산된 방식으로 시간의 유예를 두고 일어난다는 점에서 전통적인 물물교환 체제와 차이가 있다. 서비스는 그것을 제공한 사람에게 되돌아가는 것이 아니라 각 사람의 잔고에 입금된다. 입금된 시간을 바로 인출해서 서비스를 제공받을 수도 있고 장래에 제3의 구성원에게 서비스를 요청하는 데 이용할 수도 있다. 서비스의 시간이 반드시 일치할 필요도 없다. 서비스는 제공하는 사람이 할 수 있을 때 제공되며, 필요할 때 받는다.

가장 수요가 많은 서비스는 탁아, 자문, 자동차 공동 이용, 노인 동행, 요리 강좌, 언어 수업, 피아노 등 악기 레슨, 컴퓨터 수업, 의료 상담, 번역, 전문 디자인, 배관/전기/설비, 학교 공부 보조 등이다.

시간 은행은 여성에 의해 시작되는 것이 보통이다. 여성은 오래 전부터 이런 서비스를 이용해왔다. "제가 당신 자녀들을 학교에 데려다 줄 테니 당신은 우리 아이들을 태워다 주실래요?"와 같은 식으로 서비스를 교환하는 데 이미 익숙해져 있는 것이다. 현재는 남성 회원도 있기는 하지만 여전히 여성이 대다수이다.

이 점에서 이탈리아는 훌륭한 경험을 가지고 있다. 파르마에서 처음 시간 은행이 만들어진 것은 1991년이다. 이탈리아는 특히 좋은 조건을 갖추고 있다. 시간에 대해 진지한 논의를 할 수 있는 사회적 분위기가 형성되어 있기 때문이다. 이탈리아 국민들은 자신을 위한 시간과 가족과 일을 위한 시간을 조화시키고, 조화로운 삶을 살기 위해 자신이 가진 시간을 어떻게 사용해야 할지를 고민한다.

이탈리아 전역에 300개의 시간 은행이 분포되어 있다. 스페인의 경우 이에 대한 경험이 부족하고 시간 은행도 50개 정도에 불과하다. 하지만 두 나라 모두 은행에 대한 회원의 평가는 아주 높은 수준이다. 24개의 시간 은행을 가진 로마가 좋은 예이다. 24개 중 19개는 지역 은행(각 지역에 존재하는 은행)이고 나머지 5개는 '테마 은행'이다. 2007년에는 사피엔자 대학의 건축대학을 본부로 하는 최초의 대학 시간 은행이 만들어졌다.

당신이 이 혁신적인 경험에 동참하고 싶다면 할 수 있는 일이 두 가지 있다. 첫 번째 방법은 인터넷을 통해 가장 가까운 시간 은행이 어디인지 찾아서 당신 이름을 적어두는 것이다. 두 번째는 일단의 친구와 함께 새 은행을 만들거나 혹은 지방자치단체로 하여금 새로운 은행을 열게 하는 것이다. 어떤 경우이든 그 계획은 대단히 긍정적으로 받아들여질 것이다. 사적, 사회적 유대를 형성하고 장려하는 데 기여하고 삶의 질을 우선시하면서 다른 활동에 사용되는 시간의 균형을 유지하도록 도와줄 테니 말이다.

시간 은행의 성공 비결은 돈이나 시장이 아닌 사람을 인적, 사회적 관계의 중심으로 만든다는 데 있다. 우리는 서비스를 제공하는 사람을 인식하고, 그 사람과 이야기를 나누며, 우리가 공통적인 관점을 가지고 있다는 것을 발견한다. 또 우리는 아무런 금전적 의무가 관련되어 있지 않아도 친구에게 하듯이 누군가를 돕고, 맥주 한 잔을 함께 나누면서 일이 잘 마무리된 것을 즐거워하는 시간을 가지고 싶어 한다.

시간 은행은 사람들에게 권한을 부여하는 경험이라고 볼 수 있다. 일방적인 사회적 지원 대신 사람들을 지속적인 공동체 형성 과정에 참여시켜 중심이 되게 하는 사회적 구조를 만들기 때문이다. 시간 은행은 각자의 역할을 변화시키는 촉매제 역할도 한다. 남성이 집안일과 양육 활동을 하도록 함으로써 일과 가정생활을 조화시키는 것이다. 그 결과 시간 은행 사업은 남녀노소를 불문하고 공동책임과 평등한 기회가 부여되는 상호 신뢰와 협력 네트워크 구축으로 이어지고 있다.

지금은 기업들도 이러한 활동에 참여하고 있다. 아직은 두 기업 간의 물물교환이나 직접적인 합의 형태이긴 하지만 앞으로는 시간 은행의 개념이 확산될 가능성이 높다. 지금까지 7년 이상 웹사이트*를 통해 돈이 개입되지 않는 사업 교환을 진척시키고 있는 조직도 있다. 2007년 현재 이 웹사이트에 등록된 회사가 10만 개를 넘었으며, 해당 웹사이트 검색 조회 수는 100만 회를 넘어서고 있다.

이러한 이점 외에도 시간 은행의 존재에 갈채를 보낼만한

---

* 여기에 언급된 한 곳을 포함한 관련 웹사이트의 목록이 책 말미에 소개되어 있다.

이유는 수없이 많다. 시간 은행은 사람들과 함께 자주적으로 공동체를 관리함으로써 사회적 변혁의 추진력을 제공하고 지속가능한 발전에 힘을 보탠다. 시간 은행은 지역 시스템 안에서 스스로 필요를 해결할 수 있도록 격려하고 지역 시스템의 취약점과 의존성을 개선함으로써 지역 공동체로 회귀한다. 또한 가지 장점은 어떤 사람이 시간 은행에 참여한다는 것은 그들이 자신의 시간을 다시 배치하고 사용하기 시작했다는 점이다. 지금까지 검토했듯이 그것은 어려운 과제이지만 불가능하지는 않다.

시간을 교환하려면 시간이 있어야 한다.

우리를 어떤 의무와 활동에서 해방시킨다는 것은

다른 활동을 맡을 수 있다는 의미이다.

사회경제적 시스템은

모든 것에 대가를 치러야 한다고 믿게 만든다.

그러한 악몽에서 우리 자신을 해방시키는

첫 번째 단계는 그것이 진리가 아님을 인식하는 것이다.

시간은 호혜를 향해 가며 호혜는 자유롭다.

호혜를 통해 우리의 삶을

보다 인간미 있는 삶으로 변화시킬 수 있다.

11 나는 왜 '슬로푸드'에 동참했는가?

쾌락 원리는 본질적인 것이다.
쾌락 원리는 자연스러운 것이다.
좋은 것에 대한 철학, 좋은 것을 위해 일하고
그것을 어떻게 즐기는지 아는 것에 대한
철학으로서의 쾌락…… 이것은 모두의 권리이다.
-카를로 페트리니Carlo Petrini

나는 좋은 음식을 즐기는 것을 좋아한다. 좋은 친구가 있을 때는 특히 더 그렇다. 하지만 누군가가 시계를 보며 "나는 가야겠어. 시간이 늦었군"이라고 말하면 그러한 즐거움은 중단되고 만다. 그런 경우가 종종 일어난다. 부득이 일을 하면서 식사를 해야 하는 경우를 제외하면, 나는 식사에 '마감 시한'이 있어서는 안 된다고 생각한다. 식사는 천천히, 자연스럽게 끝나야 한다. 휴일에 아침 식탁에 앉아 오전 내내 수다를 떨고 오후 한 시가 되어 일어나는 것처럼 말이다.

당신은 분명 나를 쾌락주의자라고 생각할 것이다. 하지만 나를 욕하고 싶다면 쾌락주의자라는 말 대신에 '강경 생산주의자'라는 말을 써주었으면 한다. 나는 급하게 행동을 하고, 일어나자마자 아침을 먹은 후 바로 일어서고, 패스트푸드로 점심을 때우고, 맛있는 저녁을 먹을 시간이 없는 사람들에게 신물이 난다. 일을 최우선 순위에 두고, 삶의 작은 기쁨들을 누릴 여지를 남겨두지 않는 사람들 말이다.

내가 이상하다고 생각하는 것 중의 하나는 비만 환자의 증가이다. 비만은 패스트푸드, 방탕한 생활, 스트레스가 많은 식사 시간과 관련이 있다. 무질서가 일상이 되면서 빚어진 결과인 것이다.

슬로푸드 운동은 이탈리아에 패스트푸드가 도입되는 것에 반대하던 카를로 페트리니, 피에로 사르도에 의해 시작되었다. 패스트푸드의 본질적인 문제는 이미 잘 알려져 있다. 하지만 그들이 슬로푸드 운동을 제창한 것은 패스트푸드가 상징하는 것, 즉 서두름, 저질 음식, 행복 지연 증후군deferred happiness syndrome을 바탕으로 하는 삶의 방식 때문이었다.

행복 지연 증후군은 모든 만족스러운 경험을 나중으로 연기하는 것을 말한다. 우리에게 강요된 속도로 인해 좀처럼 나타나기 어려운 기회가 올 때까지 만족을 지연시키는 것이다.

1989년 설립된 '슬로푸드 이탈리아Slow Food Italia'는 그 대안으로 질 좋고, 건강하고, 즐거운 음식에 대한 권리를 제안하고 있다. 여기에는 세계 전역의 전통 농업을 보호하고, 젊은 세대에게 음식의 '질'(미식, 환경, 사회적 질)의 개념을 교육하는 일이 포함된다. 즐겁게 일한다는 것은 우리가 시간에 지배받는 것이 아니라 우리가 시간을 관리할 수 있다는 것을 상기시킨다. 천천히 먹는 것은 만족으로 이어진다.

나는 몇 년 전 이 운동에 참여했다. 마드리드에 이미 만들어져 있는 그룹에 합류한 것이다. 마드리드 슬로푸드 운동은 후안 부레오Juan Bureo라는 이름으로 통한다. 와인 전문가인 그는 생선, 고기, 훌륭한 이베리아 햄 등 와인과 함께 하는 것이라면 무엇이든 좋아한다. 후안은 때로 마드리드의 여러 식당에서 슬로푸드 식사를 준비한다. 그와 함께하는 시간에는 결코 실망하는 법이 없다. 우리는 천천히 식사를 하면서 음식이 생산되고 조리되는 방법이나 조리한 사람에 대한 풍성한 정보와 함께 맛을 음미한다. 이것이 슬로푸드의 미덕 중 하나이다. 슬로푸드는 재료를 기르고 수확하며, 생선이 식탁에 오르게 하고, 제빵사가 우리에게 맛있는 후식을 만들 수 있게 하는 모든 일들을 알게 한다.

나는 처음부터 슬로푸드의 사람들과 함께하는 것이 무척이나 편안하게 느껴졌다. 나는 음식을 좋아하는 출판업자 몇 명, 마드리드 식당의 요리사 한 명, 에스트레마두라 출신으로 주부에서 사업가로 변신해 맛있는 잼을 만드는 한 여성과 한 식탁에 앉았다. 다양한 직업만큼이나 그날의 주제는 다양성이었다. 하지만 우리는 모두 공통점을 가지고 있었다. 우리는 서두르지 않았다.

우리는 천천히 식사를 하면서 여러 가지 일들에 대해 대화를 나누고, 맛있는 와인을 마셨다. 어느 날에는 갈리시아에서 가져온 해물만으로 식사를 했다. 리라 어업조합Cofradía de Lira에 속한 어부들이 함께하면서 물고기를 잡는 방법, 해물을 준비하는 법, 심지어는 물고기의 갈라시아식 이름까지(코루냐에서의 어린 시절을 상기하게 해주어 특히 나를 흥분시킨 부분이었다) 설명해주었다. 그날 그들은 우리와 함께 우리 지역의 언어로 옛 뱃 노래를 불렀다. 그리고 남은 와인을 경매로 처분하면서 저녁 6시까지 그곳에 있었다.

세계적인 슬로푸드 그룹들을 '콘비비움convivium'이라고 한다. 이탈리아 이외의 지역에서는 '콘도타condotta'라고 알려져 있다. 슬로푸드 운동의 8만여 회원들이 5개 대륙 130개국에 걸쳐 분포되어 있기 때문에 슬로푸드 운동 단체는 이제 전 세계에 설립될 것이다. 이탈리아에만 4만 명의 회원이 있고 어디에서나 슬로푸드 단체를 찾아볼 수 있다.

이 사람들을 결속시키는 철학은 '일하기 위해 사는 것이 아니라 살기 위해 일한다'는 생각이다. 그럼에도 불구하고 회원들은 다양한 직업적 배경을 가지고 있다. 이들은 각자의 분야에서 느린 삶과 양립이 가능한, 보다 가치 있는 직업을 만드는 것이 가능하다는 것을 증명하고 있다. 이는 생물 다양성, 지역문화 보호, 삶을 더 풍요롭게 만드는 가치를 지지하면서, 신중하지 못한 삶의 패턴과 소비행태를 포기하도록 한다.

그렇지만 슬로푸드에 대한 관심은 단순히 좋은 식사를 즐기는 것 이상의 가치를 지닌다. 음식을 생산하는 방법, 전통적 농업의 보호, 질 좋은 음식 생산의 촉진까지 아우르고 있는 것이다. 이 운동의 틀 안에는 이러한 목적을 실천하기 위한 배스티언Bastion(수호자)들이 있다. 작은 규모로 이루어진 이들 그룹은 캐나다 토종 품종인 '레드 파이프Red Fife' 밀에서부터 모로코의 아르간 오일argan oil에 이르기까지 다양한 음식 시장에 조언을 주고, 슬로푸드 운동에 참여해줄 것을 격려하는 것을 목표로 한다.

이 수호자들은 각 사례 별로 요구하는 바에 따라 폭넓고 다양한 전략을 구사한다. 그들은 상호 유대를 강화하기 위해 농부, 요리사, 어부의 화합을 도모하고 있다. 그들은 품질을 인정할 수 있는 기준을 만들기도 하고, 어떤 경우에는 직접 일정한 시설에 투자하기도 한다. 이렇게 함으로써 그들은 질 좋은 산물을 시장에 공급하기 위해 노력할 뿐 아니라 '전통 음식이 성공적인 미래를 가질 수 있도록' 애쓰고 있다.

이탈리아 피드먼트 지역의 작은 도시인 브라는 슬로푸드의 발생지이다. 나는 그곳에서의 몇 가지 경험을 통해 이 운동에 참여하고 있는 사람들이 몹시 친절할 뿐 아니라 대단한 활력과 기회를 가지고 있다는 것을 알게 되었다. 그 도시에는 요리를 가르치는 대학은 물론 출판사, 생물 다양성 보호를 위한 재단, 행사 조직위원회가 있었다.

기획자 중 하나인 피에르 사르도Piero Sardo에 따르면, 처음 이 운동의 아이디어는 미식이라는 주제를 정치적 생태학 활동으로 만드는 것에서 시작되었다. 그들이 제창하는 '먹는 즐거움'은 느린 생산, 풍성한 전통, 인간과 생태 간의 조화에 이로운 것을 의미했기 때문이다. 때문에 그들의 지향점은 음식 생산의 지속 가능성과 지구 환경의 보호를 위해 일하는 것을 의미한다.

2005년 슬로푸드협회 회장 카를로 페트리니는 『좋고, 깨끗하고, 공정한Buono, pulito e giusto』*이라는 훌륭한 책을 출간했다. 그 책에서 페트리니 회장은 이 운동의 철학을 정리하고 대단히 흥미로운 몇 가지 경험들을 들려준다. 책의 제목으로 쓰인 슬로건은 좋은 품질, 해로운 물질의 부재, 공정한 분배 관행은 물론 생산과 분배와 소비의 중요성을 반영하고 있다. 그는 이런 활동을 통해 세계적 시스템을 변화시키고 우리 사회를 생태적, 사회적, 인간적인 면에서 보다 지속가능한 삶으로 만드

---

* 『슬로푸드네이션: 왜 우리의 음식은 좋고, 깨끗하고, 공정해야 하는가』라는 영어 제목으로도 출판되었다(Rizzoli Ex Libris, 2007).

는 것이 가능하다고 믿는다.

슬로푸드에 동참하는 데는 그 외에도 여러 가지 이유가 있다. 그렇지만 일단 식탁에 질 좋은 생태적 산물을 올리고 규칙적으로 천천히 먹음으로써 '시간을 낭비하기로' 마음먹으면 분명 스스로 이유를 찾을 수 있을 것이다. 그러한 결정은 분명 당신에게 건강과 행복을 가져다 줄 것이다. 어떤 경우이든…… 환영한다.

먹는 것의 즐거움은 우리가 누리는 기쁨 중에서도

극히 정당한 것이다.

이 즐거움은 지금 있는 작은 공간에서도 서두름을 버리고

풍성함을 즐김으로써 얻을 수 있다.

생물의 다양성은 보호해 마땅한 가치이다.

전통적인 식품을 생산하려면 시간이 필요하다.

하지만 대신 우리에게 건강과 행복을 가져다준다.

우리는 곧 우리가 먹는 것이다.

음식에 관한한 질이 양보다 훨씬 더 중요하다.

12 친구로부터 배움을
얻는 방법

사람이 어떤 일을 하는 데에는
순전히 그 일을 하는 기쁨,
다른 사람의 기쁨이 되는 기쁨으로 충분하다.
－이탈로 칼비노Italo Calvino

좋은 친구를 얻는 것은 큰 행운이다. 친구들 중에 창조적
지능이 뛰어나 다양한 환경에서 조용하고 조화롭게 행동할 수
있는 사람이 있다면 그 행운은 더 커진다. 나는 오랫동안 그런
친구들로부터 배움을 얻어왔다. 소박하지만 직관과 지혜가 가
득한 그들의 작은 몸짓과 그들의 일화와 그들의 행동을 생각
하면서 말이다.

특히 친구 프란체스코와 오랜 동안 각별한 우정을 나눌

수 있었던 것은 내게 커다란 행운이라고 할 수밖에 없다. 그는 로마에 살고 있다. 나는 최근 그와 몇 가지 경험을 함께했다. 그의 직관과 유머 감각과 엄청난 친절에 큰 기쁨을 느낀 것은 물론이다.

　　로마는 도로 교통에 관한 한 가히 '조직화된 혼돈'이라고 할 수 있는 곳이다. 차가 횡단보도에서 서는 법이 없기 때문에 죽지 않고 길 건너는 것 자체가 늘 모험이다. 현지인들의 경우는 좀 다르다. 손으로 신호를 보내 차가 반드시 서야 한다는 것을 알리면 놀랍게도 차들이 정지한다. 하지만 이방인들이 손으로 신호를 보내기까지는 상당한 시일이 걸린다. 그 신호가 정말 효과가 있을 것이라고 믿게 되기까지 상당한 시간이 필요한 것이다. 우리는 언제나 누군가가 해칠까 봐 두려워한다.

　　안식년을 계기로 몇 개월을 로마에서 보내던 어느 날, 나는 프란체스코에게 길을 건너려면 언제나 몸집이 큰 현지인 옆에 바짝 붙어서 그가 신호를 보내기를 기다렸다가 함께 횡단보도를 건넌다는 이야기를 해주었다. 그래야만 안전하다고 느껴진다고 말이다. 그러자 그가 이런 이야기를 들려

117

주었다.

"매일 아침 로마로 운전을 해 들어갈 때(그는 로마 외곽에 살고 있다) 운전자들이 신경을 쓰지 않고 지나쳐버리는 횡단보도가 몇 개 있다네. 나는 횡단보도마다 차를 세우지. 그러면 사람들이 나를 보고 감사의 미소를 보내지. 나도 미소로 답례한다네. 일터에 도착할 때까지 이런 일이 몇 차례 반복된다네. 차에서 내릴 때 나는 이미 행복해져 있어. 많은 미소를 만났으니까. 하루를 시작하는 멋진 방법이 아닌가?"

밀란 쿤데라Milan Kundera는 그의 책에서 "속도와 망각 사이에는 은밀한 유대가 있다"고 말했다. 실제로 프란체스코가 서둘러 출근을 하기로 마음먹었다면, 그에게 미소를 보내는 사람들과 또 그가 친절하게 미소에 화답하는 일은 없었을 것이다. 그는 그들을 보지도 못했을 것이다. 그렇지만 다른 사람의 삶을 보다 편안하게 만들기 위한 작은 행동이, 그 행위를 시작한 사람에게 긍정적인 파급 효과를 주는 건강한 삶의 근원이 된 것이다. 이런 때에는 망각이 존재하지 않는다. 하지만 이 모든 것을 이루기 위해서는 모든 일을 느긋하게 받아들여야 한다. 다른 사람을 볼 수 있는 정도의 속도로 말이다. 이것이 그들이 우리를 볼 수 있게 하는 첫 걸음이다.

그의 이야기를 들으며 나는 조용히 파이프에 불을 붙이고 있는 프란체스코를 바라보고 있었다. 그의 모습은 어린 시절 선생님이 내게 해준 말을 기억나게 했다. 당시에는 그 말을 온전히 이해하지 못했었다.

"누군가와 있을 때에는 힘을 이용하지 말고 작은 지식을 이용하거라. 그리고 무엇보다 가능한 많이 그 관계를 음미하거라."

내 친구가 취한 작은 행동은 '아는 것'에서 '음미하는 것'으로 향하는 단계였다. 지식은 많은 사람들에게 정보를 준다. 하지만 그것만으로는 충분치 않다. 삶은 친구들과 함께 좋은 식사를 하는 것처럼 다른 사람들과 함께 음미할 때 더 넉넉해진다. 모든 것에는 아름답고 풍요로운 맛이 있다. 이 맛은 상대가 무엇을 원하는지를 배려하는 마음속에, 함께하는 사람들과 어우러지는 행복 속에, 자연스럽게 주고받는 유머 속에 존재한다.

다음 날 아침, 나는 조심스럽게 길을 건넜다. 나는 더 이상 자동차가 나를 깔아뭉갤 수 있는 기계로만 보이지 않았다. 나는 운전자의 얼굴을 찾았다. 누군가 나를 보고 웃어 주는지 보고, 나도 답례로 미소를 보내려고 말이다.

내 동료이자 친구인 안토니오는 칠레 산티아고에 살고 있다. 그곳은 사람들에게 익숙한 부산한 도시이다. 안토니오는 반짝이는 눈에 전염성이 있는 미소를 지닌 백발의 남자이다. 그의 모습은 분명 아이처럼 천진난만한 사람일 것이라는 인상을 준다. 지금까지도 그에게는 어린 시절의 순진함과 선량함이 있다.

그와 몇몇 동료들은 대단히 혁신적인 연구를 시작했다. '지속 가능성의 지표로서의 사랑love as an indicator of sustainability'이라는 연구였다. 그들은 현실을 연구하기 위해 '사랑 계량기love-meter'를 이용하고 있다며 웃었다. 하지만 우리는 그들이 주제에 접근하는 독창성과 대담함에 감동을 받았다. 적어도 나는 그랬다.

이 연구에 참여하면 긴 설문지를 받게 된다. 이 설문지를 통해 당신이 가장 중요하게 생각하는 사랑의 유형에서부터 마지막 유형의 사랑에 이르기까지 우선순위를 정할 수 있다. 이 연구의 목표는 우리가 생각하고 있는 바를 정신적으로 검토하는 것이 아니라, 일상에 대한 가이드라인을 진지하고 명확하게 설정하여 스스로에게 질문을 던지는 데 있다.

우리는 가장 사랑하는 대상에게 시간을 할애하고 있는가?

아니면 영속적인 모순의 상태에서 살고 있지는 않은가?

개인적인 지속 가능성은 어떤가?

대부분의 사람들은 일터로 가서 생계를 꾸리는 것이 당연하다고 말한다. 그 생각이 아무리 싫어도 말이다. 그리고 할머니를 찾아뵙는 일 따위는 주말로 미루라고 한다. 안토니오가 이런 이야기를 들었다면, 그는 날마다 우리에게 세 가지 기회가 주어진다고 대답할 것이다. 두 가지 기회는 8시간의 일과 8시간의 잠이다. 나머지 8시간의 기회는 취미, 인간관계, 사랑……. 즉 우리가 원하는 것, 우리가 믿는 것, 삶의 일관성을 유지할 수 있게 하는 시간이다.

그 주제는 복잡하기 때문에 천천히 논의할 필요가 있다. 나는 그에게 대단히 적은 보수를 받는 임금 노동자에 대해, 매일 초과 근무를 하는 사람들에 대해, 일터까지 먼 거리를 통근하는 사람들에 대해, 아이들을 돌보면서 곡예를 부리듯 일을 해야만 하는 모자 가정의 어머니들에 대해 이야기했다.

모두가 그의 생각대로 살아가기에는 무리가 있다. 그런 생각을 꿈같은 이상으로 만들어버리는 사례들도 많다. 그는 내 이야기를 들으면서 고개를 끄덕였다. 하지만 내가 이야기를 마치자 직설적인 질문을 던졌다.

"그런 사람들은 자신의 평온을 찾고 보살필 권리가 없을까? 어떤 힘든 상황이라도 내적인 고요가 승리이고 시간의 이용은 도전이라는 사실은 변함이 없네. 언제든 우리가 할 수 있는 뭔가가 있지."

사랑 계량기의 결과는 대단히 계몽적이다. 아프리카에는 이런 속담이 있다.

"사랑하는 사람을 만나러 간다면 정글의 길도 결코 멀지 않다."

대도시에서는 이리저리 뛰어다니는 데 많은 시간을 낭비하고 있지만 실제로 적절한 방향으로 움직이는 경우는 거의 없다. 친구나 연인을 향하는 경우는 없는 것이다.

우리는 그러한 현실에 대해 함께 논의했다. 설명을 찾기 위해서 뿐 아니라 문제에 대한 창의적인 해법을 찾기 위해서였다. 어떤 사람이 마음의 평정을 찾고 일을 서두르지 않기로 결정하더라도 대다수의 사람들이 황급하게 행동하고 시스템 자체가 멈추지 않는 것이 오늘날 삶이 존재하는 방식이기 때문이다. 여기에서 우리가 할 수 있는 것은 무엇일까?

스스로에게 시간을 주는 것은 어떨까? 그것이 분명 첫 단계일 것이다. 전화와 인터넷을 잊고 서로의 얼굴을 쳐다보며 서로의 목소리에 귀를 기울이는 멋진 습관을 되찾아 보자.

칠레에는 나와 각별한 친구가 또 한 명 있다. 루이스(우리는 루초라고 부른다)는 정신과 의사로 시를 이용한 치료요법 그룹에서 일한다. 나는 그와 그의 동료인 모이라에게서 시를 통한 치료가 가능하다는 것을 배웠다. 시는 외로움과 이해의 부족, 심지어는 우리의 일상을 침범하는 상스러움으로 인해 생긴 병을 치료한다.

루이스는 성공한 전문가이고, 대단히 유명한 사람이다. 하지만 그는 천천히 서로의 얼굴을 보고 서로에게 귀를 기울이는, 자신들의 경탄과 고통과 즐거움, 그리고 희망까지 소리 높여 이야기하는 작은 지역 단체들과 일하기로 결심했다. 그가 활동하는 곳은 산티아고 지역이다.

그들은 아름다운 섬 이슬라 네그라에서 모임을 갖는다. 이슬라 네그라는 파블로 네루다가 살았던 집 중 하나가 있는 곳이며 그의 무덤이 있는 곳이기도 하다. 루이스는 그곳을 라스 코인시덴시아스Las Coincidencias*라고 부른다. 여기에서는 길을 시 한 구절로 표시한다. 길 위에서 시를 만날 수 있는 것이다. 토속 민족 마푸체의 시인인 엘리쿠라 치후아이라프Elicura Chihuailaf의 아름다운 시도 찾아볼 수 있다.

내 조상의 꿈에서는, 우정의 정원을 가꾸지 않은 채 인생을 산다는 것은 헛되게 산 것이다!

분명히 당신도 프란체스코나 안토니오, 루이스와 같은 사람들을 알고 있을 것이다. 솔직히 말해 그런 사람들을 찾기란 쉬운 일이 아니지만 말이다. 영혼이 그들의 속도와 함께 움직이게 하고, 그들과 눈에 보이지 않는 유대를 형성하기 위해서 시간이 필요하기 때문만이 아니다. 서두르는 와중에서는 그들을 발견할 수조차 없기 때문이다.

* 우연의 일치라는 뜻.

이런 이야기에 등장하는 사람들은 자신의 시간을 스스로 관리하는 법을 배운 사람들이다. 그들은 우리에게 어떤 의견도, 어떤 제안도 내놓지 않지만 그들의 눈 속에 빛나는 인간애를 통해 우리에게 이렇게 말하고 있다.

"제발, 달리기를 멈추고 기다려요!"

시간은 따뜻한 지성과 이해심 있는

귀를 가진 사람들로부터 받을 때 선물이 된다.

시간에 대해서 하는 일,

시간을 음미하는 일은 서로를 보완해준다.

전자는 우리에게 정보를 주고,

후자는 우리와 함께하면서 길을 안내한다.

미소는 내적 고요의 표현이다.

미소와 함께라면 우리는 세상을 보다 친화적인 장소로 만들고,

시간의 질을 향상시킬 수 있다.

13 슬로시티에서 살아가기

당신이 도시를 사랑하는 것은
도시가 주는 수많은 경이 때문이 아니라
도시가 당신의 질문에 주는 대답
혹은 도시가 당신에게 던지고
해답을 강요하는 질문 때문이다.
-이탈로 칼비노

이탈리아에는 웰빙을 뜻하는 멋진 말이 있다. 베네세레 benéssere가 그것이다. 이탈리아인들은 베네세레를 얻는 기술에서 달인이라고 할 수 있다. 몇 년 전 나는 로마에서 열린 행복 심리학과 경제학에 대한 회의에 참석했다. 경제학자가 아닌 심리학자로서 노벨 경제학상을 수상한 사람과 함께였다! 그리고 나는 행복에 대한 시장의 대표 연설을 들으면서 정치인들과 어울릴 수 있었다. 이런 일들은 로마 혹은 더 정확하게는 이탈리아에서만 일어난다.

　이탈리아인들은 슬로시티를 만들어냈다. 그들을 이탈리아어와 영어가 혼합된 치타슬로Cittáslow라는 말을 사용한다. 도시를 거니는 것, 느긋하게 점심을 먹는 것, 성당의 종소리를 듣는 것, 아름다운 나무 벤치에 앉아 햇살을 받는 것……. 오르비에토, 브라, 포지타노를 비롯해 이 운동에 참여하고 있는 작은 도시들을 방문하면 이런 일들을 느긋하게 경험할 수 있다. 깊은 배려와 온정으로 제공되는 지역 특산물을 맛볼 수 있는 것은 물론이다.

　오르비에토는 이탈리아 치타슬로 네트워크의 기준이 되는 도시이다. 이 운동의 본부가 그곳 팔라조 델 구스토에 있다. 나는 친구이자 동료인 미켈라와 오르비에토를 여행했다. 그곳에 도착하자 치타슬로의 창시자 중 한 사람인 스테파노 치미치Steffano Cimichi가 우리를 맞아 주었다. 그는 '느림'이 모든 것의 근거가 되는 기본적인 사상이기는 하지만, 이 도시들을 뒷받침하는 철학은 느림을 넘어서고 있다고 설명해 주었다.

　"우리는 지식과 맛(풍미)에 대한 재교육 과정을 시작하려고 합니다. 우리는 어떤 공간의 구석구석에 스며들어 있는 정신, 지니우스 로치genius loci(기풍)를 끌어내려고 노력합니다. 그로 써 지역 주민과 방문객들이 눈에 보이는 유산뿐 아니라 눈에 보이지 않는 유산, 문화와 전통과 사람들의 지식에 소중히 간 직된 유산들을 향유할 수 있기를 바랍니다."

치미치는 숙고를 위해 필요한 시간, 자신을 찾고 다른 사 람을 만나기 위해 필요한 시간의 균형을 찾는 일에 어떻게 참 여하고 있는지, 그리고 슬로시티 모델이 지역에 어떤 도움을 주는지를 열정적으로 이야기했다. 치미치의 언어와 눈빛은 그 가 하고 있는 모든 일과 이탈리아의 60개 소도시에서 전개되 고 있는 새로운 철학에 대한 열정을 보여주었다.

치타슬로 운동은 1999년 이탈리아에서 슬로푸드 운동에 참여한 사람들과 몇몇 소도시들이 힘을 합해 시작했다. 그들 은 느림과 삶의 질을 옹호함으로써 도시가 보유하고 있는 예 술적 유산과 정체성, 미관을 보호하기 위한 운동에 착수했다. 오르비에토, 브라, 포지타노, 그레베 등의 작은 도시가 이 혁신 적인 아이디어를 개척했고, 그 사상은 곧 이탈리아 전체로 퍼 져나갔다.

치타슬로 운동의 근본 철학은 '베네세레'라는 단어로 명료하게 표현된다. 이 단어는 개인적 생활과 가족생활을 위한 시간을 재설계함으로써 새로운 기회를 얻는 것, 그 기회를 업무 시간과 조화시키는 것, 소상인의 보호, 소음에 대한 대처 방안, 자전거 통행자와 보행자를 위한 공공장소 회복 등을 추구함으로써 지역 주민들에게 건강한 삶을 제공하는 것을 뜻한다.

슬로시티가 슬로푸드와 영구적인 공생 관계를 맺고 있다는 것은 눈으로도 확인할 수 있다. 그들의 로고에서부터 이 점이 두드러지게 나타나기 때문이다. 슬로푸드는 달팽이를 로고로 사용하고, 치타슬로는 달팽이가 집으로 둘러싸인 로고를 사용하고 있다.

이탈리아의 슬로시티를 찾으려면 인구 5만 이하의 도시에서만 찾을 수 있다는 점을 기억하라. 그리고 도시를 방문했을 때는 그것을 천천히 받아들이도록 하라. 도시가 슬로시티운동이 요구하는 전반적인 기준을 따르고 있는지 살펴볼 수 있을 것이다. 슬로시티가 엄격하게 요구하는 기준은 생활, 생산, 소비에 대한 새로운 개념, 생태학적 적절성, 사람들에게 이로운 삶의 방식을 전파하는 인본주의를 바탕으로 한 느림이다.

슬로시티의 기준들은 현재뿐 아니라 미래 세대들을 염두에 두고 살아야 한다는 점, 소수를 위해서가 아닌 모두를 위한 규칙을 규정하고 있다. 규정의 중심이 되는 것은 삶의 질, 공동체적 관계, 지속가능한 경제적, 사회적 관리라는 개념이다.

미켈라와 나는 오르비에토 주변을 거닐던 중 옛것과 새것이 조화롭게 공존하고 있음을 알아차렸다. 이런 도시에 사는 사람들은 개방성과 지역 정체성, 받아들여야 할 것과 보호해야 할 가치 사이의 모순에서 적절한 해법을 발견할 것 같았다. 말로는 쉽게 설명되지 않는 것이기 때문에 반드시 보고 느껴야 한다. 우리는 자갈이 깔린 거리와 아름답게 조각된 나무 벤치 사이에서 도시의 역사와 문화, 정체성과 잘 어우러진 유무형의 현대적 자원들을 바라보며 두 가치의 아름다운 공존을 함께 느낄 수 있었다.

슬로시티는 '속도를 늦추고 서두름에 저항함으로써 도시 생활의 전 부분에서 삶의 질을 높이는데 시간을 할애하고, 세계 도시들의 풍미와 색과 향기를 영원히 향유할 수 있도록' 행정부와 주민들을 격려하는 선언문을 만들었다.

슬로시티 헌장은 '지역 공동체의 발전이 특정한 자질을

공유하고 인식하는 능력, 외부에서 알아볼 수 있고 내부에서 깊이 인식할 수 있는 창조력에 기초를 두고 있다'는 점을 명시하고 있다.

스테파노 치미치에게 작별을 고하고 로마로 돌아오는 기차에 올랐을 때, 내 머릿속은 이런저런 생각들로 가득했다. 현대 건축가들은 도시의 이상적인 모델에 대해 이야기한다. 요즘에는 작고 간편해야 한다는 점이 강조되고 있다. 어떤 시대에는 크고 위대한 것이 환영을 받았다. 물론 나는 전문가도 아니고 그들과 같은 수준이라고 생각지도 않는다. 하지만 한 가지만은 확신한다. 슬로시티에서 삶의 시간은 우리의 몸과 마음에 친화적인 속도로 움직인다는 것이다. 미켈라는 "그곳의 지역성이 도시의 거리와 광장에 다시금 퍼지고 있는 것 같았다"고 말했다.

다행히 슬로시티 운동은 이탈리아에만 한정된 것이 아니다. 슬로시티 네트워크는 노르웨이, 영국, 폴란드, 포르투갈, 오스트레일리아, 뉴질랜드를 아우른다.

스페인의 경우는 어떨까? 스페인에서 슬로시티 운동은 팔라프루겔(지로나) 시의원의 발의를 통해 소개되었다. 이 시의

원은 이탈리아의 작은 도시 아비아테그루소의 사례를 잘 알고 있었고, 자신들의 도시에서도 그와 비슷한 효과를 발휘할 수 있을 것이라 생각했다. 오래지 않아 팔라프루겔과 인근에 위치한 팔스, 베구르가 국제 치타슬로 네트워크에 동참함으로써 스페인 슬로시티 운동의 선두 주자가 되었다.

이어 다른 몇몇 도시가 환경 정책, 사회 기반 시설, 기술, 도시의 질, 지역 특산물 홍보 등 다섯 가지 주요 분야에서 치타슬로 운동 기준을 충족시켜 카탈루냐 세 도시의 뒤를 따르게 되었다.

이 글을 쓰고 있는 지금, 위의 세 카탈루냐 도시들 외에 안달루시아의 포조 알콘, 니구엘라스, 바스크의 먼귀아와 레케이티오, 아라곤의 루비엘로스 데 모라, 알리칸테의 비가스트로가 이 네트워크에 참여하고 있다. 하지만 당신이 이 글을 읽고 있을 때쯤에는 분명 더 많은 도시들이 동참하고 있을 것이다. 여러분이 이들 도시를 방문한다면 몇 시간도 되지 않아 그곳의 조용하고 차분한 감각을 즐기고, 아마도 그곳에 다시 돌아가고 싶은 마음을 품게 될 것이다.

도시가 자신을 천천히 표현할 수 있게 하면,
그들은 모든 장엄함과 우아함으로 스스로를 드러낼 것이다.
어떤 장소가 가진 고유의 지역성은
시간을 들여 주변 환경을 관찰하고 상호작용을 하면서
천천히 느끼지 않는 한 감지할 수 없는 것이다.
적절한 때에 적절한 장소에 있다는 것은
서두름의 결과가 아니고
시간을 이용하는 방법을 말해주는 직관의 결과이다.

14 페레라,
자전거의 도시

모든 진리는 어디에서나 기다리고 있다.
그들은 전달을 서두르지도,
거기에 저항하지도 않는다.
-월트 휘트먼

　자동차를 타고 레지오 에밀리아 지역에 위치한 이탈리아
의 도시 페레라에 도착하면 가장 먼저 눈에 띄는 것이 입구에
있는 표지판이다. 표지판에는 '페레라, 자전거의 도시'라고 씌
어 있다. 주차장에 들어서면 자전거들이 즐비하게 서 있다. 페
레라를 찾은 방문객들은 이 자전거를 빌려 도시를 편안하고
여유롭게 관광할 수 있다. 자전거의 도시라는 말이 빈말이 아
님을 깨닫게 된다.

내가 처음 받은 페레라에 대한 인상은 대단히 쾌적하다는 것이었다. 도착하자마자 사방에서 주민들이 자전거를 타는 모습을 발견했을 때, 나는 이탈리아 작가 이탈로 칼비노가 쓴 『보이지 않는 도시들Invisible Cities』에서 쿠빌라이 칸이 했던 말을 기억해 냈다.

"밖으로 지나치게 성장한 나의 제국이 안으로 성장할 때가 왔다."

그 구절을 떠올리며 나는 스스로에게 물었다. '안으로 성장한다'는 것이 무슨 의미일까? 그것은 실제적인 삶의 질을, 도시 안에 존재하는 인적 관계, 삶의 속도에 대해 생각하기 시작한다는 의미가 아닐까?

페레라는 이런 나의 의문에 해답을 제시해주었다. 이러한 유형의 성장 방식을 결정한 것은 페레라의 시민들이었다. 다른 이탈리아의 도시들도 마찬가지이다. 약 14만 명의 페레라 시민 중 90퍼센트가 적어도 한 대의 자전거를 가지고 있다. 젊은 사람이나 스포츠 마니아에 국한되는 이야기가 아닌 것이다.

도시를 일주하면서 우리는 자전거를 타고 이동하는 다양한 사람들을 만났다. 잘 차려 입고 핸드백까지 맨 부인들, 바구니가 달린 자전거를 타고 쇼핑을 하러 나온 주부들, 유아용 좌석에 아이를 태운 젊은 부부들, 페달을 구르면서 쇼윈도를 구경하거나 이웃들과 이야기를 나누는 온갖 종류의 사람들……. 그들은 인간의 속도로 이동하기로 결정한 사람들이었다.

평평한 지형이고 공기가 상쾌한 페레라는 도시가 가진 장점을 최대한 활용하기로 결정했다. 하지만 포치porch(건물 출입구 바깥쪽에 튀어나와 비바람을 가릴 수 있게 한 지붕-옮긴이)가 있는 벽돌집, 오래된 궁전, 수많은 교회, 신도로와 섞여 있는 옛 도로들로 이루어진 도시에 자전거 도로를 마련하는 것은 쉽지 않은 일이었다.

페레라의 가장 큰 매력은 안으로 들어갈수록 맛볼 수 있는 숨겨진 질서와 조화이다. 매년 유럽에서 지속 가능성이 가장 큰 도시를 선정하는 심사위원회도 그 점을 놓치지 않았다. 이 도시는 새로운 교통 계획을 마련했다. 자전거 도로를 잇기 위해 새롭게 다리와 터널을 건설하면서까지 자전거 이용을 우선시하기로 한 것이다. 결국 심사위원회도 그러한 노력을 인정해 페레라를 가장 지속가능성이 큰 도시로 선정했다.

1955년 세계문화유산으로 지정된 이 도시는 자전거를

주요 운송수단으로 선택함으로써 오염 물질 배출량을 상당히 감소시켰다. 동시에 주민들에게 건강하고, 여유 있고, 재미있기까지 한 이동 수단을 제공했다. 이 계획이 실행된 이래 알레르기 유발 사례가 현저히 줄어들었고, 페레라 시민들의 삶의 질은 꾸준히 향상되고 있다.

페레라의 주민들은 다양한 색상의 자전거를 탄다. 젊은 부부들이 아이를 작은 바구니에 태우고 함께 자전거를 타면서 활기 있게 대화를 나누는 모습도 쉽게 볼 수 있다. 보행자와 자전거가 한 무리를 이루어 광장이나 옛 성城의 도개교를 일제히 건너는 모습은 그야말로 장관이 아닐 수 없다. 하지만 방문객들이 가장 놀라는 것은 시장과 시의원도 이 자전거 사랑에 동참하여 '비시 블루Bici Blu'*를 타고 다닌다는 점이다.

이 도시의 지역적 특성에 영감을 받은 나는 호텔에서 자전거를 빌렸다. 나는 자전거를 타고 스트레스 없이 편안하게 한적한 장소나 작은 광장, 역사적 기념물들을 둘러볼 수 있었다. 나도 현지인과 하나가 된 것처럼 느껴지기 시작했고, 그들

* 푸른 자전거라는 뜻.

이 자전거를 효과적으로 사용하는 여러 방법도 발견할 수 있었다. 먼 곳에서 도시로 들어올 때면 사람들은 자동차 트렁크에 자전거를 싣고 다녔고, 자동차 지붕에 얹고 다니는 이들도 있었다.

여행을 함께한 내 동료들도 그들을 흉내 냈다. 자전거에 익숙해지자 우리는 가방이나 서류 가방이 방해가 되지 않도록 고리에 걸 수 있다는 것을 알게 되었다. 우리는 자전거 앞에 있는 바구니에 애완견을 태울 수 있다는 것도 배웠다. 자전거 뒤에 쇼핑 카트를 건 쇼핑객들도 볼 수 있었으며, 심지어 어떤 독실한 신자는 자전거를 타고 성당 앞을 지나면서 성호를 그었다. 그곳에는 젊은이나 노인, 부자나 가난한 사람이 똑같이 참여할 수 있는 놀이수단이 있었다. 그것은 온갖 아이디어와 유머, 그리고 다양한 색상이 어우러진 자전거였다.

자전거를 이용하는 것이 몸에 익으면서 박물관이나 궁전에서는 잠금 장치를 하지 않고도 밖에 자전거를 둘 수 있다는 사실도 알게 되었다. 이렇게 관광을 다니던 도중 우리는 이탈리아 은행의 직원들이 퇴근하는 광경을 보게 되었다. 셔츠와 넥타이를 말끔하게 차려 입은 은행원들은 자전거 주차장으로 걸어가 우아하게 자전거에 올랐다.

　물론 페레라에도 자동차가 있다. 그렇지만 지방정부와 대부분의 시민들은 도시 안에서만큼은 자전거에 우선권을 준다. 중심가는 보행자 전용 구역이다. 하지만 보행자 전용 구역이라도 자전거를 이용하는 사람이 접근할 수 있다. 이 글을 쓰고 있는 현재 페레라에는 2,500개의 자전거 무료 주차장이 있고, 보안 감시가 되는 330개 주차장이, 기차역에는 850개의 자전거 주차 공간이 있다.

　유럽에서는 페레라의 사례가 전혀 특별한 것이 아니다. 네덜란드는 나라 전체가 자전거의 천국이다. 네덜란드는 평평한 지형으로 이루어져 있는데다 자전거가 도시의 운송 수단으로 깊이 뿌리 내리고 있기 때문이다. 네덜란드는 2만 킬로미터에 이르는 자전거 도로를 가지고 있다. 특별한 표지판으로 구분되어 있는 자전거 도로에서는 자전거 이용자가 오토바이와 자동차로부터 철저히 보호를 받는다.

　2006년 덴마크의 수도 코펜하겐은 모빌리티 위크Mobility Week 상을 수상했다. 코펜하겐 시민들은 자전거 이용이 거의 습관화되어 있다. 자전거의 앞 쪽에는 비를 가릴 수 있는 작은 카트가 달려 있는 경우가 많아서 부모들은 여기에 아이를 태우고 등교시킬 수 있다. 그들의 사례를 따라해 보는 것은 어떨까?

파리는 이미 그렇게 하고 있다. 파리는 자전거 이동성을 확장시키기 위한 광범위한 계획을 가지고 있다. 한 지점에서 자전거를 타고 가서 다른 지점에 보관하는 일이 쉽게 이루어지도록 말이다. 다행히 스페인도 자전거로 도시 안을 이동하도록 하는 아이디어를 택해 실천하고 있다. 바르셀로나와 세비야는 좋은 본보기가 되고 있다. 시 위원회가 이미 자전거 이용을 확대하기 위한 조치를 취하고 있고, 많은 시민들이 주위 환경과 상호작용하면서 도시의 경관을 되찾고 공기 오염을 막을 수 있는 속도로 이동하겠다는 결정을 한 상태이다.

지금은 페레라가 선택한 것처럼 모든 지역이 상상력과 결단력으로 환경 문제에 대처해야 하는 시기이다. 페레라의 사례를 보면서 나는 '여기에서는 걸음마를 떼기 전에 자전거를 배운다'는 말을 떠올렸다. 오늘날 이보다 더 좋은 방법이 어디 있겠는가?

이 아름다운 도시와 사랑에 빠져서 그곳에 정착하기로

한 사람이라면, 가장 우선적으로 생각해 볼 직업이 있다. 일거리가 부족한 법이 없고, 많은 일거리가 보장되고, 실업률이 제로인 직업이다. 자전거 수리점을 차리는 것이다.

삶의 질에서는 때로 '안으로의 성장'이
'밖으로의 성장'보다 나은 선택이다.
그러한 순간을 감지하려면 시간이 필요하다.
인간의 삶을 기준으로 만들어진 장소에는
숨겨진 질서와 조화가 있다.
그들은 당신이 자신만의 시간을 즐기고자 한다면
시간을 적절히 사용하라고 청한다.
자전거의 느린 속도는
우리 몸이 가진 느린 속도에 대한 은유이다.
자전거의 속도는 인간의 속도와 완벽하게 어울린다.

15 헬레나의
축복

어둠을 저주하기보다는
양초에 불을 붙이는 편이 낫다.
-리쳐드 바흐Richard Bach

얼마 전 "중요한 것은 당신에게 무슨 일이 일어났는가가
아니라, 당신이 그것을 어떻게 다루느냐 하는 것입니다"라는
슬로건의 TV 광고가 있었다. 그것은 자명한 진리이다. 우리는
매일 우리의 삶에서 일어나는 멋진 일들을 알아내어 그 진가
를 인정할 수도 있고, 부정적인 측면만을 침소봉대하여 자신
의 건강을 해치는 지경까지 갈 수도 있다.

사업 계약이 성사되지 않았거나, 시험에 떨어졌거나, 요통

으로 기운이 없을 때 부정적인 것만 떠올리며 속상해 한다면 자신이 대단히 불공평한 상태에 놓여 있다고 느껴질 것이다. 그것은 우리가 일상생활에서 작은 즐거움을 찾아내지 못한다는 의미인 동시에, 자연이 우리에게 공짜로 주는 많은 선물들을 '보통'으로 받아들이고 당연히 여긴다는 의미이다.

건강한 것에 대해 생각해보자. 당신이 건강하다면 그것은 매일 아침 당신이 받는 큰 선물이다. 친구나 배우자, 자녀가 있다면, 당신이 좋아하는 혹은 당신이 생계를 꾸려 갈 수 있게 해주는 일이 있다면, 그것 역시 멋진 선물이다. 이 넓은 세상에 편안히 살아갈 곳이 있고, 아프면 병원에 쉽게 갈 수 있는 곳에 살고 있다는 것도 특권의 하나이다.

헬레나에게는 장애가 있다. 하지만 역설적으로 나에게 감사와 축복을 생각하면서 하루를 시작하는 법을 가르쳐 준 것도 그녀이다. 너무나 긍정적인 그녀의 세계관을 지켜보면서 나는 우리가 존재할 수 있도록 하는 현재의 삶 자체가 끊임없는 선물이라는 것을 깨닫게 되었다. 물론 살다보면 실망스러운 일도 있고, 불행이 닥칠 수도 있다. 그렇더라도 그것이 선물이라는 사실은 변하지 않는다.

처음 헬레나를 만났을 때만 해도 나는 행운이란 내 노력의 결과라고 생각했던 사람이었다. 하지만 그녀는 노력만으로는 충분치 않다고 이야기했다. 설령 높은 지능과 굳은 의지가 있고, 모든 것을 잘 해내기 위해 헌신한다 해도 말이다. 헬레나는 우리의 삶이 늘 위험성과 불확실성으로 가득하다는 것을 잘 알고 있다.

그렇다고 해서 그에 대처하는 노력을 할 필요가 없다는 것은 아니다. 결국 가장 중요한 일은, 삶에 대한 우리의 태도가 어떤 것을 결정짓는 가장 강력한 요소라는 점을 깨닫는 것이다. 우리가 현실을 '읽는' 방식, 거기에 참여하는 방식이 중요하다. 우리는 스스로 지어낸 의복이며, 우리의 에너지, 우리의 떨림, 우리의 꿈에 참여하는 다른 존재들(자연, 인간)과 현실 속에서 함께 빚어진 존재이다.

헬레나처럼 날마다 자신에게 주어진 축복을 헤아리면서 하루를 시작하는 것은 시간의 적절한 사용과 밀접하게 관련되어 있다. 이 습관을 실천하는 데는 5~10분밖에 걸리지 않는다. 이후에 교통 체증에 시달리거나 자동차를 주차할 공간을 찾기 위해 헤매면서 보내야 할 시간에 비하면 대단히 짧은 시간이다. 그렇지만 이 감사의 습관은 대단히 중요하다. 우리로 하여금 삶으로부터 받고 있는 모든 선물에 귀를 기울이게 하고, 낙담이나 슬픔에 대한 면역을 갖게 하기 때문이다. 또 이 명상은 얼마간의 시간을 스스로에게 내어주기로 선택하는 것이다(그리고 아주 잠깐이라도 허둥대는 일을 멈추고 조용히 있을 수 있다).

물론 이 아이디어를 실천하는 방법은 여러 가지이다. 각자에게 가장 잘 맞는 방법을 선택해야 한다. 내 경우에는 내가 사랑하고 나를 사랑하는 사람들이 주위에 있다는 것에 대한 축복을 생각하는 데서 시작한다. 그들의 이름과 얼굴을 되뇌는 것만으로도 내가 혼자가 아니라는 것을 알아차리게 된다. 또 나를 아껴주고, 나에게도 같은 것을 기대하는 다른 사람의 손을 굳게 잡고 있는 듯한 느낌을 받을 수 있다.

헬레나는 볼 수 있고, 만질 수 있고, 생각할 수 있는 자신의 능력으로부터 시작하여 신체의 장기들을 하나씩 생각한다고 말해주었다. 애정을 표현하고, 씻고, 옷을 입을 수 있게 하는 손과 키스하고, 먹고, 이야기하고, 노래하고, 웃을 수 있는 입을 생각하는 방식이다.

이런 이야기를 나눌 때면 그녀와 나는 언제나 병이나 신체적 결함으로 장애를 겪는 사람들을 언급한다. 앞서 이야기 했듯이 헬레나도 신체적 결함을 갖고 있다. 얼마 전 그녀는 자신이 잃은 것에 대해 한탄하거나, 아니면 그녀가 가진 것에 감사하는 일 사이에서 선택을 해야 하는 상황에 놓였다. 물 잔을 보며 반이나 비었다고 할 수도 반이나 남았다고 할 수도 있는 것이다. 그녀는 후자를 선택했다. 때문에 그녀는 지금 자신의 한계에도 불구하고 삶을 즐기면서 주변 사람의 삶을 즐겁게 만드는 사람이 될 수 있었다.

"우리는 모두 몸을 가지고 있습니다. 어떤 사람은 몸을 짐처럼 간수하죠."

그녀가 말했다. 아름다움은 외형이나 이미지의 문제만은 아니다. 아름다움은 우리의 몸이 그 기능을 얼마나 잘 발휘하는가에 달려 있으며, 우리가 미처 깨닫지 못하는 사이에 몸이 수행하는 헤아릴 수 없는 많은 일들 속에 숨어 있다. 우리 몸속에 수백, 수천 만 마리의 박테리아가 있다는 것을 알고 있는가? 그들은 모두 힘을 합해 쉼 없이 일을 한다. 때문에 우리는 음식을 소화시키고 영양을 흡수할 수 있다.

세포들 사이에서 일어나는 협력의 범위와 깊이에 대해 생각해 본 적이 있는가? 우리 몸 안의 수백 만 개의 세포들은 서로 협력하여 산소를 유통시키고, 망가진 세포를 스스로 복원시키고, 영양을 확보하고, 외부의 공격에 맞서 싸운다.

몸에게, 몸이 일으키는 경이에 우리가 감사해야 하는 이유이다. 짧은 시간이지만 천천히 말이다. 헬레나는 나에게 두뇌와 신경계, 허파, 심장, 소화 기관, 생식계 등 나를 생존하게 해주는 모든 신체기관에 감사해야 한다고 말했다. 또 나를 움직이고, 춤추고, 계단을 오르게 해주는 다리와 발에게 감사하는 법을 가르쳐 주었다. 내 마음이 천천히 이들 장기와 기관을 지나가면서 그들이 얼마나 귀중한지를 깨닫는 일은 어떤 배움의 경험보다 멋지고 아름다운 것이었다.

헬레나의 남편인 앨버트는 '큰 것에서 시작해서 작은 것까지' 감사의 인사를 하는 것으로 하루의 명상을 끝내라고 제안했다. 우선 몸에서 가장 큰 장기인 피부로부터 시작해서 뇌하수체, 갑상선, 부신과 같은 우리의 생존에 엄청난 영향력을 끼치는 작은 분비기관까지 말이다.

앨버트는 고요한 지혜를 전달해주는 사람이다. 그는 이 명상의 마지막 몇 분을 삶이 그에게 매일의 일용할 양식을 달라고 기도하는 데 사용한다고 말했다. 그에게 일용한 양식이란 세 개의 C, 즉 인지congnizance, 양심conscience, 연민compassion이다. 인지는 맑은 정신을 잃지 않기 위해서, 양심은 윤리적인 의사 결정을 위해서, 마지막 연민은 다른 사람들의 욕구와 약점을 이해하고 그에 따라 행동하기 위해서이다.

간단한 명상을 통해 얻을 수 있는 행복은 놀라울 정도로 크다. 수백 가지 쓸데없는 일에 낭비하는 시간 중에서 아주 짧은 시간만이라도 삶이 가져다준 선물을 인정하는 데 사용해 보라. 그 시간은 우리에게 즐거움을 가져다주고, 매일 아침 사랑과 우정과 새로운 발견의 기회를 즐길 수 있다는 점을 깨닫게 해 줄 것이다.

이런 방법으로 하루 중 짧은 한 순간만으로도 우리가 모든 살아 있는 것에 대한 인정, 존중, 호혜의 내적 감정을 경험할 수 있다.

헬레나와 나는 이러한 습관이 후회와 원망을 없애는 데 반드시 필요하다고 뜻을 모았다. 우리는 현재에 가치를 부여하고 미래의 가능성에 주의를 기울이는 매력적인 일을 시작한 사람들이다. 이런 습관을 길들이면 갑작스런 깨달음을 얻게 된다. '현재'가 곧 '선물'을 의미한다는 것을 알게 되는 것이다.

아름다움을 사랑하는 법을 배운 사람은 아름다움이 어디에나 있다는 것을 발견하게 된다. 그것은 자신의 몸에서부터 시작된다. 명상을 하는 시간은 하루 중에서 가장 가치 있는 10분이 될 것이다.

삶에서 무엇인가 문제가 생겨야만

시간에 가치를 두는 법을 배우게 된다.

그 전에 시간에 가치를 두는 편이 좋다.

내적 고요는 행복, 느림, 긍정적인 사고와 연관된다.

우리가 가진 모든 것에 감사하는 일은

슬픔의 좋은 해독제 역할을 하며,

시간을 사용하는 가치 있는 방법이다.

우리는 우리가 지어 내는 의복이며, 우리의 에너지,

우리의 떨림, 우리의 꿈에 참여하는 다른 존재들(자연, 인간)과

현실을 가지고 빚어낸 결과물이다.

우리는 결국 다른 시간들과 한데 얽힌 시간들이다.

16 동화의 숲으로
가자

도시는 동화의 숲이 되었다.

-프란체스코 토누치Francesco Tonucci

이탈리아 여행 중에 나는 아드리아 해를 굽어보는 작은 도시 파노를 방문하는 행운을 누렸다. 도착하기 얼마 전, 나를 가장 놀라게 한 것은 성당 마당에서 축구를 하는 어린이들이었다. 그게 왜 놀라운 일이냐고 말하는 사람도 있을 것이다. 사실 그렇다. 하지만 아이들이 성당 마당에서 축구를 하는 것은 매우 자연스러운 일임에도 불구하고, 우리가 흔히 볼 수 있는 광경은 아니다. 도시에 있는 대부분의 광장은 개인이 소유하고 있는 카페테리아의 테라스가 된 지 오래다. 그런 곳에서 아이들이 축구를 하는 것은 금지되어 있다.

길을 걷다가 갑자기 파노의 아름다운 역사적 건물들과 조우하게 되었다. 나는 그것이 언제 지어졌는지 알기 위해 표지판을 찾았고, 그것을 읽으려면 허리를 굽혀야 한다는 것을 깨달았다. 표지판이 아이들의 눈높이에 맞추어져 있었던 것이다.

이 도시는 라 치타 데이 밤비니La città dei bambini(어린이들의 도시)라는 프로젝트의 발생지였던 것이다. 이 프로젝트는 1991년 파노에서 처음 시작되어 현재는 전 세계로 확산되고 있다.

'어린이들의 도시'가 의미하는 것은 무엇일까? 이 이름을 얻을 수 있는 기준은 무엇일까? 내 동료이자 친구이며 이 아이디어의 창시자인 프란체스코 토누치가 나보다 훨씬 잘 설명해 줄 수 있을 것이다. 하지만 그가 없기 때문에 내가 대답할 수밖에 없다.

이 프로젝트에 참여한 도시들은 어린 시민들이 쾌적한 환경을 누릴 권리를 존중한다. 어린이는 자신이 원하는 도시에 대한 견해를 말할 수 있고, 그렇게 되어야 한다고 믿는다.

동시에 도시 생활이나 사회 기반 시설에 관련된 어린이 친화적인 수단은 공동체에 유익한 것으로 여긴다. 어린이들은 사회에서 가장 약한 편에 속하며, 약자에게 이로운 것은 모두에게 좋기 때문이다.

이 경우에도 시간은 핵심적인 문제이다. 어린이의 시간 척도를 고려해야 하기 때문이다. 어린이는 오랜 휴식이 필요하고 현재에 가치를 두며 성인과는 다른 속도로 산다. 토누치는 어린이의 시간 척도를 포용하면 도시는 더 나은 곳이 될 것이라고 말한다. 작은 것은 언제나 더 포괄적이기 때문이다.

이 프로젝트에서는 어린이들이 중추적인 역할을 담당한다. 어린이들이 도시 계획자나 관리자들과 협력해서 그들이 우선시하는 것이 무엇인지, 도시에서 그들이 직면하는 문제는 무엇인지, 어떻게 하면 그들이 도시를 더 좋아할 수 있을지 설명한다. 이러한 정보 교환은 도시에 넘쳐나는 자동차나 공중 안전의 부족으로 어린이들이 잃어가고 있는 행동의 자율성을 그들에게 되돌려 주는 초석이 된다.

이 프로젝트의 틀 안에서는 도시의 어린이들도 지속가능성의 지표가 된다. 대개 그들이 요구하는 것은 공간의 질, 공부와 놀이 시간을 조화시킬 수 있는 공간, 혼자 안심하고 걸을 수 있는 거리이다. 이런 요구가 충족되면 일반 시민들에게도 사회적 약자와 조화롭게 공존할 수 있는 가능성을 높여주기 때문이다.

어린이들은 프로젝트 초안 마련에도 참여한다. 그들은 위원회를 결성하여 도시 설계자들과 함께 도시 내 공간들을 기획하는 일을 한다. 대단히 설득력이 있는 두 번째 아이디어에서는 어린이들이 혼자 학교까지 걸어 갈 수 있는가가 중심이 된다. 혼자 도시를 걸어 다닐 수 있으면 어린이들이 개인적 자립을 이룰 수 있을 뿐 아니라 도시도 혜택을 본다. 거리에 어린이들이 다닐 수 있는 도시는 공기도 좋고 더 쾌적하다. 이런 환경에서 자라는 어린이들은 다방면에 걸쳐 자신의 관심을 표현할 수 있고, 더 많은 행복을 선사할 수 있다.

현재는 국제 어린이 도시 네트워크가 만들어져 있다. 이탈리아의 경우 이 프로젝트는 국립 연구협의회Consiglio Nazionale delle Ricerche 산하 인지과학 및 기술연구소Instituto di Scienze e Tecnologie della Cognizione의 조정을 받고 있다. 하지만 여전히 프란체스코 토누치의 지휘 아래 있으며 현재 로마를 거점으로 하고 있다.

지금까지 70여 개의 이탈리아 도시들과, 20개의 스페인 도시(알시라, 바달로나, 간디아, 제이다, 레우스, 모스톨레스……), 아르헨티나의 7개 도시(로사이로, 부에노스아이레스와 같은 광역도시권)가 이 프로젝트에 동참하기로 결정했다.

각 도시의 어린이위원회는 정기적으로 만나 안건을 토의하고, 일 년에 한 번 시장과 도시 관리자들에게 자신들의 아이디어, 제안, 개선 사항을 제출한다. 그 중 많은 부분이 시간의 사용과 관련되어 있다. 이 모든 활동은 학교에서 이루어진다. 학교는 이 운동을 뒷받침하는 중요한 원동력 중 하나이며, 교사들의 역할이 핵심적이다. 어린이 도시 연구실과 지방자치단체, 교사들의 협력이 중요하기 때문에 교사들은 어린이들을 격려하는 역할뿐 아니라 일정 활동(예를 들어, 어린이들이 혼자 학교로 걸어가는 일)과 관련하여 학부모가 갖고 있는 두려움을 극복하는 데 도움을 주어야 하기 때문에 이 운동에 대해 강한 확신을 가지고 있어야 한다.

이 프로젝트에서는 상인들도 중요한 역할을 맡는다. 상인들은 어린이들이 등교하는 길에 뭔가 필요로 할 때 그들을 돕고, 어린이들이 걱정 없이 즐겁게 등하교를 할 수 있도록 하는 책임을 지고 있다. 대체로 이러한 제안에 대한 반응은 아주 좋다. 아이들은 등하교 길에 위험을 감지할 경우 가까운 상점에 들어가면 보호받을 수 있다는 것을 알고 있다.

어린이들은 도시 조직에 적극적으로 참여하고 공동체 생활을 위한 규정을 반드시 따라야 한다. 또 어린이들에게는 일정한 권한이 부여된다. 어린이는 걸을 수 있는 공간을 침해하는 성인들에게 도덕적인 제재를 가할 수 있는 권한이 있다. 이를 위해 어린이들은 카드를 가지고 다니다가 규정을 위반한 차량을 발견하면 카드에 자신의 이름을 적어 자동차 유리에 남겨 둔다. 카드에는 운전자가 공동체의 규범을 위반했다는 것을 그들 식으로 표현하는 말이 적혀 있다.

'당신은 미개인입니다, 당신은 무례합니다.'

나는 뿌듯한 마음으로 파노를 떠났다. 파노는 거리에서 뛰놀던 내 유년의 기억을 떠올리게 해주었다. 나는 친구들에게 파노 여행을 추천할 생각이다. 친구들은 그곳에서 도시의 아름다움뿐 아니라 고요함과 행복을, 조화로운 공동체 생활 방식을 발견하게 될 것이다. 파노는 어린이들에게 도시의 시간과 공간을 되찾아주고, 어린이들의 존재감을 높이는 일에 집

중해왔다. 그것은 가장 약한 시민들에 대한 헌신인 동시에 그들이 시간을 느끼며 살아가게 할 수 있는 방법이기도 하다. 시인 횔덜린Hölderlin은 이 모든 것을 한 마디로 보여준다.

'위험이 자라나는 곳에는 구원의 길도 자라난다.'

도시의 시간이 어린이들과 보조를 맞추고 있다면
뭔가 나아지고 있는 것이다.
그들에게 좋은 것은 누구에게나 좋은 것이다.
어린이의 시간은 현재이다.
그들은 우리에게 어떻게 시간을 살아가야 하는지,
인생이라는 게임에서 어떻게 버텨야 하는지를 가르쳐준다.
앞으로 몇 년 뒤면 아무도 무엇인가를 하는데
시간이 얼마나 걸렸는지를 묻지 않게 될 것이다.
대신 그들은 누가 그것을 해냈는지 물을 것이다.

17 느리게 살아가는
사람들

무엇이 본질인지를 염두에 두는 사람은
본질적인 것이 결국 문제를
헤치고 나아간다는 것을 알고 있다.
-아벨 포세Abel Posse

카를은 지난 몇 년 동안 나와 느림의 이점에 대해 많은
이야기를 나눈 동료이자 친구이다. 우리 두 사람은 비슷한 문
제를 가지고 있다. 직업상의 이유로 여행을 많이 다녀야 하고,
우리가 받아들일 수 있는 속도 이상으로 일을 해야만 하는 것
이다.

문제점을 진단하는 데서는 두 사람의 의견이 일치하지만,
해법에 대해서는 의견이 엇갈린다. 카를은 서두름을 해결하기

위한 탄력성, 즉 우리에게 불리한 일까지도 장점으로 전환시키는 조정 역량을 도입해야 한다고 말한다.

탄력성이 있다는 것은 문제를 기회로 변화시킬 수 있다는 것을 의미한다. 그러한 활동에는 마음의 평정과 시간이 필요하다. 해법을 찾기 위해서만이 아니라 그것을 적절한 순간에 실행할 수 있기 위해서 말이다.

나는 카를보다 더 현실적인 편이다. 나는 탄력성이 있어야 한다는 데는 동의하지만 사람들이 삶의 속도를 늦추거나, 자원을 소비하는 속도를 억제하거나, 폐기물 배출에 더 주의를 기울여야 한다고 생각한다. 또 다른 사람의 말을 경청하거나 과제를 공유할 때 타인을 배려하는 마음이 필요하다고 주장한다.

하지만 몇 가지 면에서는 같은 견해를 가지고 있다. 그 중하나는 내적 고요에 관심을 가지고 그것을 육성하는 방식이다. 또 다른 하나는 우리의 직업적 관심과 연관된다. 우리는 모두 변화에 적응하는 능력을 키우기 위해 노력한다. 이러한 능력은 인간이 환경 재해를 줄이고, 자연 친화적인 행동을 자극하는 데 도움이 된다.

이런 논의 끝에 우리는 몇 년 전 한 가지 결심을 했다. 한 달에 한 번 이상 출장을 가지 않기로 한 것이다. 이러한 결심은 곧바로 문제를 일으켰다. 하지만 그러한 계획을 만들었다는 사실만으로도 우리는 얻은 것이 있었다. 우리가 정한 수준을 넘어설 때마다 위험 지역에 들어가고 있다는 것을 인식하게 되었고, 그 덕분에 우리는 스스로를 환경에 휩쓸리지 않고 더 조심할 수 있게 되었다.

몇 년 전, 카를과 나는 시간에 대한 우리의 관심과 염려를 다른 사람들과 공유할 필요가 있다고 느꼈다. 이로써 다양한 직업을 가진 여러 종류의 사람들로 이루어진 작은 그룹이 만들어졌다. 모두가 그러한 문제를 고민하고 있는 이들이었다. 우리는 이 책의 초반부에 언급했던 로마 제국 아우구스투스 황제의 모토를 따라 '페스티나 렌테(천천히 서두르다)'라는 이름을 붙였다. 이 구절은 르네상스 시대에 그 유명한 알도 마누치오 Aldo Manucio (출판을 통해 르네상스 문화를 보급하고 전파하는 데 기여한 인쇄업자-옮긴이)의 상징이 되었다.

마누치오는 이 구절을 닻과 돌고래가 얽혀 있는 문장紋章으로 형상화했다. 돛은 땅에 든든히 뿌리를 내린 안정성을 나타내며, 돌고래는 민첩함과 직관의 은유이다. 민첩함과 직관이 없이는 안정도 메마르고 의미 없는 것이 된다.

그 모든 것은 그렇게 시작되었다. 우리는 그룹을 만들어 시간과 벌인 모험과 사고에 대해 서로 이야기를 나누었다. 또 필요 이상의 시간을 빼앗는 제의와 유혹에 '노!'라고 말했을 때마다 서로를 격려해주고 축하해주었다. 부침과 우여곡절이 있었지만 이 그룹은 최근 설립된 협회의 씨앗이 되었다. 삶을 보다 느긋한 속도로 살고자 하는 사람들로 구성된 이 협회를 우리는 '슬로피플'이라고 부른다.

슬로피플이 추구하는 것이 무엇인지 알고 싶은가?

우선 '느림'이라는 말에 지나치게 애착을 갖지 않는 것이 다. 느리게 산다는 것은 각각의 경우에 맞춰 적절한 속도로 산 다는 것임을 기억하라. 우리는 시간을 사용하는 방법에 좀 더 주의를 기울이고, 책임감을 갖고자 노력한다. 어느 상황에서도 절대 가속기를 밟지 않는다는 의미는 아니다. 그것은 어떤 것 이 우선권을 가지는지 아는 것이며, 서두름이 일상화되지 않 도록 하는 것이다.

이 모험을 시작한 사람들은 경제 시스템과 사회 시스템,

광고와 대중 매체가 우리로 하여금 스스로를 시간의 노예로 믿게 만든다고 생각한다. 또 우리가 그런 함정에 빠져 다른 사람들이 요구하는 대로 어쩔 수 없이 '예스!'라고 대답한다고 생각한다. 우리는 시간이 우리의 것이며, 지금과 다른 유형의 사회를 상상하고 시도하고 이루는 것이 가능할 뿐 아니라, 이런 상상이 시간을 제대로 활용하기 위한 첫 걸음이라고 믿는다.

우리는 각자의 방식으로 내적 고요를 함양하는 데 힘을 기울이고 있다. 그것은 우리의 속도를 관리하고, 천천히 가야 할 때와 서둘러야 할 때를 배우는 방법이다.

우리는 영감을 불러일으키는 카이로스 안에서 뭔가가 일어나게 하려면 우리 안에 유용성과 개방성을 달래기 위한 무엇인가가 있어야 한다고 생각한다. 또 우리의 시간을 확보하고 있을 때, 즉 우리가 삶의 과정에서 의미를 찾을 수 있고 매 순간 현재를 즐길 수 있을 때에만 그것을 경험하게 될 것이라고 믿는다.

슬로피플에 속한다는 것은 오늘날의 풍요로운 사회에서 평범한 일상보다 더 느린 속도와 강도로 자원을 소비한다고 약속한다는 의미이다. 느림은 곧 우리가 자연과 보조를 맞추는 것이다. 따라서 슬로피플은 생산하고, 구입하고, 소비하는 방식에 주의를 기울이는 사람이다. 그것은 진보를 피하거나, 기술을 사용하지 않는 것과는 다른 문제이다. 생존하기 위해서는 지식을 개발하고 환경에 일정한 영향을 주는 것이 어느 정도 불가피하다. 따라서 느림은 존중과 중용의 입장에서 자연의 한계를 인식하고 사회적 시스템의 한계를 고려하면서 모든 살아 있는 존재들과 공진화共進化하는 것에 대한 문제이다.

협회*에 참여한다 해도 당신이 하는 일에 대해 판단을 내려 줄 사람은 없다. 물론 다른 회원들은 삶의 질을 높이고 생물권에 대한 적절한 존중을 위해 시간을 사용하고 적절히 관리하려는 당신과 함께하면서 당신이 거둔 작은 성취와 실패를 공유할 수 있을 것이다. 또한 이 공유의 활동은 그룹 활동을 확대하고, 우리가 시간을 보다 잘 관리하면서 더 행복해질 수 있는 실마리를 찾도록 도울 것이다.

우리 그룹의 로고는 몸통을 워킹화로 상징화한 나무이다. 사람과 자연의 공생과 조화, 그리고 사람이 하는 모든 일에

---

* 등록을 위한 협회의 웹사이트 주소는 책 말미에 소개되어 있다.

중용이 필요하다는 것을 우리의 방식으로 표현한 것이다. 우리는 누구에게도 가르칠 것이 없다. 그룹에서 활동하는 시간이 바로 집단적인 학습의 하나이기 때문이다. 하지만 우리는 다른 사람들과 손을 잡고 그러한 탐색을 함께함으로써 더 많은 것을 배울 수 있다는 점을 잘 알고 있다. 결국 우선순위의 문제에서 가장 시급한 것은 천천히 삶을 살아가는 일이라는 것이 우리의 생각이기 때문이다.

일을 천천히 한다는 것은 일하는 과정에
최종 산물만큼의 큰 가치를 둔다는 것을 의미한다.
일의 결과뿐 아니라 그 일을 하는 과정을 기쁘게
받아들이는 것을 말이다.
내적 고요는 시간을 관리하는 방법이며,
천천히 가야 할 때와 빠르게 가야 할 때를 깨닫기 위한 통로이다.
어떤 일을 잘 해내려면 적당한 시간을 할애해야 한다.
우리가 누구인지, 우리가 원하는 것이 무엇인지 알려면
자신에게 자신만의 시간을 할애해야 한다.

느림과
아름다움

우리는 삶을 노래하는 시인이 되고 싶어 한다.
그리고 무엇보다 가장 작은 것들을 노래하길 원한다.

–F. 니체F. Nietzsche

철학자 몽테뉴Montaigne는 친구들에게 주의를 주곤 했다고
한다.

"난 춤출 때는 춤만 추고, 먹을 때는 먹기만 하겠네."

더 없이 간단한 말이지만 심오한 뜻이 담겨 있다. 특히 느
림에 대해 이야기할 때라면 말이다. 이 말은 어떤 것을 할 때
몰입을 해야 한다는 것을 의미한다. 어떤 일을 하면서 다른 것
을 생각함으로써 마음속에 혼란을 만들기보다는 '현재'를 의

식하면서 매 순간 경험하는 것을 즐겨야 한다는 것이다.

현재를 의식하면서 사는 것도 필요하지만, 그것만으로는 충분치 않다. 계속되는 변화의 과정 속에서 언제나 최적의 길을 선택하는 자연과 더 닮아야 할 필요가 있다. 의사이자 사상가인 디팩 초프라 박사는 일상적으로 최소 자극, 최대 효과의 원칙을 실천하는데 익숙해져야 한다고 충고한다. 이를 통해 우리는 시간과 건강한 삶을 얻을 수 있기 때문이다.

우리는 생활환경에서 일어나는 모든 것을 통제하려고 애쓰면서 일생을 보낸다. 어떤 일의 결과로부터 거리를 유지하는 일은 매우 어렵다. 더 많은 것을 하고, 더 많은 것을 갖고, 더 많은 것이 된다는 생각이 우리를 뒤쫓는다. 우리는 앞을 가로막는 것이라면 무엇이든지 달려들어 싸우느라 가지고 있는 대부분의 에너지를 낭비한다. 순리를 따르고, 좀 더 냉정하게 유머 감각을 가지고 상황을 받아들일 만한 평온함을 유지하지 못하기 때문에 일어나는 일이다. 우리는 서두름 탓에 이런 것들을 잃어가고 있다.

각각의 목적에 적절한 속도로, 좀 더 천천히 살아간다는 것은 눈에 보이는 것뿐 아니라 눈에 보이지 않는 것까지 보는 기술을 매일 실천하는 것을 의미한다. 그렇다면 눈에 보이지 않는 것이란 무엇인가? 그것은 시장이나 생존경쟁, 쉽게 '쓰고 버리는' 것들로 인해 우리가 제대로 보지 못하는 것들을 말한다. 보이지 않는 것은 우리가 다른 사람들과 협력하고, 우리를 자연과 연결시키는 순환적 연대이다. 이것들은 우리를 마음으로 소통하도록, 중용의 선택을 하도록 만들기 위해 항상 주위를 맴돌고 있지만, 많은 사람이 보려 하지 않는다. 보이지 않는 것은 우리의 삶을 지배하는 가치이자 정서이다. 그것은 기술이며, 아이의 맑은 눈에만 보이는 것이다.

연금술사들은 인내 속에 당신의 영혼이 있다는 말을 했다. 또 그들은 모든 서두름은 사악한 것이라고 단언했다. 보이지 않는 것을 보기 위해서는 인내를 키우고, 그것을 실천하는 법을 배워야 한다. 이것이 아름다움을 완전하게 즐기기 위한 가장 기본적인 조건이다.

우리는 아름다운 것을 찾고, 발견해야 한다. 하지만 그렇게 하기 위해서는 시간을 들여야 한다. 잠시 모든 일을 멈춘 뒤 눈을 뜨고 귀를 기울여야 한다. 우리의 시간과 노력을 너무나 많이 훔쳐가는 거추장스러운 일들을 모두 제거해야 한다.

유교에서는 조화로운 삶을 바람에 구부러지되 부러지지 않는 갈대에 비유한다.

하지 않는 것에는 숨겨진 아름다움이 있다. 늘 생산하고, 구입하고, 팔아야만 하는 오늘날의 문화에서는 '돌체 파르니엔 dolce far niente'*의 태도가 필요하다. 어린 아이처럼 천진난만한 상태, 그저 어떤 일이 주는 기쁨 때문에 그 일을 하는 상태가 그 것이다. 우리는 삶이 그저 놀이로만 이루어져 있지 않다는 것을 알고 있다. 그리고 어른으로 성장하면 처리하고 해결해야 할 많은 의무를 지게 된다는 것도 알고 있다. 그렇다 하더라도 우리가 자유로운 놀이를 추구하는 존재라는 점을 잊어서는 안 된다. 필요할 때는 의무에서 벗어남으로써 꿈이 우리 안에서 제 자리를 찾을 기회를 주어야 한다.

호의의 문제도 있다. 이는 느림의 아름다움과 밀접한 관련을 가지고 있다. 서두름으로 인해 우리는 친한 친구나 가족에게도 호의를 베푸는 데 인색하다. 서두름 때문에 우리는 '방문하기 전에 미리 승낙을 받고 문을 두드리는 것'을 잊는다. 호

---

* 일락(逸樂)이라는 뜻.

의는 광범위한 영향력을 갖는다. 호의는 다른 사람의 행동까지 미치며, 우리 모두의 삶을 더 즐겁게 만든다. 호의는 행복에 대한 다른 속도와 다른 가이드라인을 설정한다.

이러한 것들이 왜 중요한가? 삶에 기쁨을 가져다주는 애정과 존중의 작은 의식들이 점차 급한 몸짓과 문자 메시지, 저녁거리가 어디에 있는지 알려주는 냉장고 문 앞의 메모로 대체되고 있기 때문이다. 우리는 눈치 채지 못하는 사이에 조금씩 인간관계를 비인격화하고 있다. 인간관계는 판에 박힌 짧은 잡담으로 변형되면서 본연의 아름다움을 잃고 시들어가기 시작한다.

세상의 흐름에 역행해서 정말로 중요한 일들이 무엇인지 뒤돌아보자. 자녀, 배우자, 친구, 부모, 자연과의 관계를 떠올려보자. 사랑하고 사랑받는 모든 일에 시간을 할애하기 시작할 때에야 비로소 아름다움이 우리의 삶을 채울 수 있는 것이다. 그제야 우리 마음속에서 무엇인가가 춤추기 시작하는 것이다. 그것은 행복이다. 그렇게 막 도착한 행복은 다른 사람에게 관심을 가지고 그와 동시에 우리 자신에게 관심을 기울이는 데 할애할 시간이 언제인지 물을 것이다.

그것은 음악이다. 음악은 우리에게 와서 그것에 귀를 기울이라고 재촉한다. 그것에 한껏 귀를 기울이면 우리 자신이 음악이 되고, 음악은 우리 가슴의 일부가 된다. 그것은 이야기이다. 소통을 할 수 있는 경이이다. 이야기는 마음을 연 채 사람들을 바라보고, 그들이 우리에게 얼마나 큰 의미인지를, 단순하게는 우리가 어떤 하루를 보냈는지 말하게 해주는 이야기이다.

그것은 바로 시이다. 우리가 걸음을 멈추고 적당히 느린 삶을 살 때, 우리가 철근보다는 빈터일 때, 차가운 계산보다는 따뜻한 심장일 때 모든 것은 시가 된다. 위대한 시인 횔덜린이 우리에게 가르쳐 주었듯이 우리가 이 세상을 시적으로 살고 있을 때, 시는 우리에게 스며든다. 그곳이 아름다움이, 적절한 속도로, 손짓을 하는 곳이다.

일을 빨리 하고 싶어 하지 말라.

작은 이익을 구하지 말라.

일을 빨리 하고자 하는 욕구는

일이 완벽하게 이루어지는 것을 막는다.

작은 이익을 구하는 것은

큰 일이 성취되는 것을 막는다.

- 공자孔子

참고 웹사이트

시간 은행 www.saludyfamilia.es

www.associazionenazionalebdt.it

www.acambiode.com

슬로푸드 www.slowfood.com.

슬로시티 www.slowmovement.com/slow_cities.php

자전거 도시 http://ferrara.comune.fe.it

어린이 도시 www.cittadeibambini.net, www.cittadeibambini.org

KI신서 4632

천천히 더 천천히

1판 1쇄 인쇄 2013년 1월 8일
1판 1쇄 발행 2013년 1월 15일

지은이 마리아 노보 **옮긴이** 이영래
펴낸이 김영곤 **펴낸곳** (주)북이십일 21세기북스
부사장 임병주
MC기획4실장 주명석
해외사업팀장 김상수 **해외사업팀** 정영주 조민정 조혜정 **디자인** 미들하우스
마케팅영업본부장 최창규 **마케팅2팀** 민안기 김다영 김해나 이은혜 **영업** 이경희 정병철
출판등록 2000년 5월 6일 제10-1965
주소 (우 413-120) 경기도 파주시 회동길 201(문발동)
대표전화 031-955-2100 **팩스** 031-955-2151
이메일 book21@book21.co.kr, **홈페이지** www.book21.com
트위터 @21cbook **블로그** b.book21.com/book_21

ISBN 978-89-509-4589-3 03870
책값은 뒤표지에 있습니다.